GAME NOVELS

DISNEY SQUARE ENIX

KINGDOM HEARTS χ [chi]

キングダム ハーツ キー

～キミとキーブレードの物語

金巻ともこ
Kanemaki Tomoco

Original Plan
野村哲也
Nomura Tetsuya
岡勝
Oka Masaru

Illustration
天野シロ
Amano Shiro

カバー・口絵・本文挿絵イラスト／天野シロ
カバー・表紙・帯デザイン／渡辺宏一（有限会社ニイナナニイゴオ）
本文組版・目次・章扉デザイン／井尻幸恵

目次　CONTENTS

人物紹介

CHARACTER

チリシィ

キーブレード使いひとりひとりについている、スピリットと呼ばれる使い魔。黒と灰色の、しましまの猫みたいな姿をしている。

キミ

キーブレード使いとしてインヴィの率いるユニオン・アングイスに所属。スクルドやエフェメラと共に世界の真実に迫る。

エフェメラ

キーブレード使いの少年。ユニオン・ウニコルニスに所属しているものの、単独行動が多く、ひとり謎に迫ろうとしている。

スクルド

黒く長い髪をしたキーブレード使いの少女。エフェメラの友人で、後にキミと行動をともにするようになる。

【マスター・オブ・マスターと６人の弟子】

マスター・オブ・マスター

黒コートを着た謎の人物で、６人の弟子を束ねるマスター。未来を見る目を持ち、その内容を予知書に記している。チリシィの生みの親。

アヴァ

予知者のひとり。キツネのマスクをつけウルペウスのリーダーを務める少女。ダンデライオンのリーダーでもある。

イラ

ウニコルニスのリーダーでユニコーンのマスクをつける真面目な青年。５人の予知者のリーダー。

アセッド

熊のマスクをつけた５人の予知者のうちのひとり。ウルススのリーダーで、勇猛なキーブレード使い。イラの補佐役。

グウラ

豹のマスクをつけた予知者。レオパルドスのリーダー。沈着冷静な少年で、アヴァとも親しくしている。

インヴィ

アングイスのリーダーで、蛇のマスクをつける女性の予知者。公平に事実を見極めようとしている。

ルシュ

唯一ユニオンを率いることのなかったマスター・オブ・マスターの弟子。マスターと同じ黒いコートを身に纏う。

世界は闇だった。

でも、生まれ出た世界は光に包まれていて、とても眩しかった。

ボクをこの世界に生み出した主は、光の中で微笑んでボクを見ていたんだ。


うーん、なんだか眠いね？　眠い眠い……また寝てもいいのかなあ？

「この子、マスターが作ったんですか？　すごーい！」

誰か女の子が喋ってる。狐のマスクをつけてるねえ。キミは誰？　ええとこっちにいる黒いコートの人はボクのマスターだよねえ。

「これから何やかんやで忙しくなると思うから、このスピリットのチリシィが大活躍してくれる、予定」

主がそう言った。そうか、ボクはチリシィって言うんだ。ボクは灰色に黒のしましまの猫みたいな……うーん、大体そんなカタチをしているイキモノだ。

「スピリット？」

そう、スピリット。もうひとり今度は豹のマスクをつけている男の子がボクのことをじっと見ている。

「まぁ、犬とか、猫みたいな感じ。スピリット、っていう生き物ね。もし今後同志が増えても、チリシィもその分増えてくから、皆の使い魔として仲良くしてあげて」

「はい！」

狐のマスクの女の子が答えた。

そうか、ボク増えるんだ……増える……どうやって？　まあそんなことは考えなくていいのかなあ。それにしてもなんだか眠いねえ。

すべての世界はまだ隔たりがなくひとつだった。
いつか、おとぎ話の世界と呼ばれる時代は、この夜明けの街からはじまった。

マスター・オブ・マスターである主は、未来を見る目を持っていた。
そして先で待つ未来を憂い、６人の弟子のうちの５人に未来を記した予知書を与えた。

ユニコーンのマスク、堅実なイラには自分の代わりに弟子たちをまとめる使命を与え、
蛇のマスク、高潔なインヴィには未来を託した残りの４人を公正に監視する使命を与えた。
熊のマスク、勇猛なアセッドにはイラのサポート役としての使命、
狐のマスク、慎重なアヴァには後の世界にキーブレード使いを残す使命を与えた。
豹のマスク、冷徹なグウラには予知書に書かれた謎の解明の使命を与えた。
予知書はこの５人に託された。

そして最初に使命を伝えられたルシュが、

６人の弟子全員に使命が与えられるのを待っていたかのように姿を消した。

それから間もなく主（カレ）も、本当に、ぷらっと、ふわっと、ぱぱっと消えたんだ。

ここからキミたちの知る、キミたち自身の物語がはじまったんだ。

第1章

キミの心に浮かぶ姿はどんなカタチ？

キミの物語を始めよう。


キミを導く心は何に姿を変えた？


キミを光が包み、キミが目覚め、キミは歩き始める。

ここはデイブレイクタウン――――夜明けの街。噴水広場、いつもの場所。キミの前に現れる闇。闇は膨らみ大きくなって人の姿になる。ダークサイドと呼ばれるハートレスだ。ハートレスは心の闇が具現化した存在で、人の心を奪おうとする。さあキミはどうするのかな？

するとキミの手にキーブレードが現れる。

キーブレード――――それは闇を払う光の力。キミは始めからそうすることがわかっていたかのように、駆け出す。そしてダークサイドにキーブレードを振り下ろす。だけど、その一撃ははね返され、キミは倒れる。ダークサイドの腕がキミに伸びる。

そのとき、キーブレードを手にしたひとりの人物が現れ、光と共にその腕をはね除けた。

蛇のマスクを被った白ローブの予知者インヴィ様だ。彼女はキーブレードを繰り出し、ダークサイドを闇の中へと押し戻す。そして彼女もまたいっしょに闇の中へと消えていく。

最初はこんなもんかなぁ。

そしてキミのお付きの使い魔、チリシィ――ボクはキミの元に歩いていく。

「思ってたより手がかかりそうだね」

尻餅をついたままのキミにボクは話しかける。キミは目を瞬かせながら、びっくりした顔をしている。

「あっけにとられてるところ悪いんだけど、進めさせてもらうねぇ」

ボクは咳払いをひとつするとキミの傍らに立った。

「キミは光を求めキーブレード使いとして選ばれた。キーブレードは光の心の力。この世界は闇に覆われつつある。キーブレードで闇を払い、光を集めて世界を守るんだ」

そうちょっと大げさに話し始めたボクを、キミはぼんやりと見上げている。

「わかりやすくいうと、さっきみたいな闇の魔物――ハートレスっていうんだけど、その闇の存在であるハートレスは心を求めて世界を闇に染めるんだ。それに対抗できるのがキーブレード。だからそのキーブレードでハートレスから世界を守らなきゃいけないんだ」

あいかわらずキミはぼんやりとしたままで、ボクはちょっと心配そうにキミの顔を覗き込んだ。

「あれ？　ここまで大丈夫かな～？　まぁ、そんな初心者のキーブレード使いの面倒をみるように、ボクがさっきの仮面の予知者様から仰せつかっているんだ。これからキミのそばにいることになるチリシィ。今後いろいろ教えるから安心して」

ボクはキミに手を差し伸べる。キミも手を伸ばしてボクの手を取った。

「さてそんなキーブレードなんだけど、キミとおなじくまだ未熟な状態だから、力を引き出してあげないといけないいんだよね。一度にたくさん言っても難しいだろうから、最初に覚えるのはこれくらいかな～」

キミはボクの手を借りて立ち上がると笑顔を見せる。

「じゃ、またね！」

キミの笑顔を確認するとボクはくるりと空中で一回転して姿を消した。

驚いた顔で見送るキミの周りに、同じようにキーブレードを持った仲間たちが集まる。そして、そこにさっきダークサイドを撃退した蛇のマスクと白ローブの予知者インヴィ様が姿を現した。

「キーブレードの力を引き出すことができたようね。弱いハートレスなら、それで倒すことができるはず。でも強大なハートレスを倒すには同じ志を持ち、同じ導きをたどる仲間と力をあわせなければならない。キミたちには繋（つな）がる力が必要です」

インヴィ様は静かな口調でそう告げる。キミの周りにいるキーブレード使いたちはキミの仲間だ。

キミが選んだユニオンはアングイス。予知者様たちはそれぞれキーブレード使いたちの所属するユニオンのマスターだ。ユニオンの数は全部で5つ。マスター・オブ・マスターから予知書の写しを授かり、使命を受けた5人の弟子たちは主――マスター・オブ・マスターの教えに基づきユニオンを結成した。キミのようなキーブレード使いたちを集め、闇の魔物ハートレスを倒す事で、〝光〟を集めはじめたんだ。

「我々と同様に闇を払うため、光を求める集団がいくつか存在します。でもそれらが我々と志を同じくしているわけではありません。世界の平穏を目的とせずに、私欲のために光を集める者もいるかもしれない。光の守護者を隠れ蓑にする闇の探求者が誰なのか、君たち自身で見極めなければなりません」

少し不穏なことを言い残すと、インヴィ様はキーブレード使いたちの前から去って行く。そして他のキーブレード使いたちもそれぞれの目的地へと歩き出す。

キミの胸を今占めるのはどんなキモチ？　期待？　不安？

それとも他の何か――かな。

「どうしたの？　大丈夫かい？」

ボクは再びキミの前に姿を現す。そしてキミの心を覗き込むように顔を見つめる。

「キミが混乱してしまうのもわかるけど、闇の侵攻は待ってくれない。キミの住むこの世界の他にも闇が現れている。だからキミに行ってもらいたい世界があるんだ。外の世界への扉はもう開かれてる」

ボクはそう言うと、キミを導くように歩き始める。その先には光り輝く扉。

さあ、冒険に出かけよう。

向かうのはドワーフ・ウッドランド。

初めてやってきた世界を不思議そうにキミは見まわしている。

深い森があたりを覆っていて、小鳥があちこちで囀っている。

「この世界の大きな光が闇に襲われてるみたいなんだ。助けてあげないと」

キミは頷き、ボクたちは暗い森を進んでいく。

道すがら現れるハートレスたちをキミは倒していく。初めてにしては上出来だ。

「いた！　あそこだ！　ハートレスに襲われてるよ！」

ボクは森の奥深くにいた女の子を見つけて叫ぶ。キミが駆け出す。

女の子は黒い髪に赤い唇、青と赤のドレスを着ている。その女の子のまわりを真っ黒な大きいボールみたいなハートレスが囲んでいる。

キミはそのうちの一体にキーブレードを振り下ろした。ボールから出ている細い腕がキミを打ち付ける。でもキミは怯まない。敵をにらみつけると、今度は魔法を放ってハートレスを一体消滅させた。

女の子は目を閉じてしゃがみこみ、震えている。

キミは女の子を背に守りながら、残りのハートレスたちに飛びかかった。キーブレードで残りのハートレスを消滅させせると、キミは女の子に声をかける。

「闇が――闇が襲ってくるの」

ようやく目を開いた女の子にキミは笑顔を浮かべ、キーブレードを掲げる。すると、キーブレードからきらりと光が放たれた。

「あたたかい光……これはあなたの心なのかしら？」

女の子が訊くとキミはキーブレードを下ろし、ちょっと不思議そうに首を傾げる。

「ええ、そうよ。あなたの心の光。おかげで元気がでてきたみたい。ありがとう。私の名前は白雪よ」

女の子はそう名乗るとにっこりと笑った。彼女は白雪姫だ。特別な女の子。

そのとき森の奥からバサバサと何かが羽ばたく不穏な音が聴こえる。白雪姫がはっと顔をあげる。

「大変！　私逃げなくちゃいけないの。それじゃあね」

白雪姫が走って行ってしまう。ボクはキミの傍らに立つとキミに告げる。

「彼女は世界に欠くことのできない大切な光のうちの一人。だから、これからも見守ってあげてほしいんだ」

ボクがそう頼むとキミは頷く。そして白雪姫のあとを追って駆け出した。

深き森をさらに進むと、白雪姫はまたハートレスに囲まれている。

キミが救い出すと、白雪姫はほっとした表情を浮かべる。

「ありがとう、助かったわ……この森は、一人で歩くには危険みたいね」

怯えている白雪姫に、キミはこの森を抜けるまで案内することを申し出る。

「あなたがいっしょなら安心だわ。お願いしてもいいかしら？」

白雪姫は平常心を取り戻し、元の表情に戻る。

そしてキミと白雪姫はいっしょに森の中を進んでいく。暗くて深い森はどこまでも続いているかのようだった。

でもようやくその奥に小さな小屋を見つける。

「まあ、やっと森を抜けたみたいね。あなたのおかげよ。ありがとう」

キミは頷く。この小屋もまた不思議な力で守られているみたいだった。

「お人形さんのおうちみたい。まあ、すてきね」

白雪姫が小屋の中に入っていく。キミもそれに続く。

小屋の中はきれいとは言いがたい状態だった。食べかけの皿が木のテーブルの上に置きっぱなしになっているし、脱ぎ散らかした服も床に落ちている。

「ああ、何だか眠くなってきちゃったわ……」

白雪姫が大きなあくびをして、小さなベッドに身を預ける。そしてそのまますやすやと寝息を立て始めた。森の中でハートレスたちに襲われてよっぽど疲れていたみたいだ。

「これで一安心だね」

ボクの言葉にキミは頷いた。

デイブレイクタウンを見下ろす時計台の一室で、マスター・オブ・マスターとインヴィは向き合っていた。

それはマスターがいなくなる少し前のこと。

マスターは黒いフードのついた長いコート、インヴィは蛇のマスクに白いフードをかぶっている。ふたりとも顔は見えない。インヴィのフードには金糸で刺繍（ししゅう）がされていて、その真ん中をブルーのリボンで結んでいる。

「そういうわけで、君はみんなの監視役、よろくし」

「は、はい……」

明るい口調でマスターは言う。マスクであまり表情はわからないが、困ったようにインヴィは答えた。その様子になぜか満足げにマスターは続ける。

「話したとおり、イラが俺の代役になるかもだけど、遠慮しなくていいから監視は公平にしてね。監視って言ってもただ見てりゃいいんじゃなくて、どうせ皆もめちゃうから、君は常に冷静に軌道修正して仲良くさせて」

軽い口調で言ったマスターにインヴィはうつむいたままだ。

「はい……。しかし、ルシュとマスターもいなくなり、各々(おのおの)にユニオンを組織するとは……」

そこでようやくインヴィは顔をあげた。

「不安がないと言えば嘘(うそ)になります」

するとマスターはゆっくりインヴィに近づく。

「いやいや、俺がいなくなるかはまだわからないし」

そしてインヴィの顔をのぞきこんだ。

「あれ？　それとも、いなくなったほうがよい？」

問いかけにインヴィは激しく首をふる。

「いえっ、そんな、私は！」

慌てたインヴィにマスターが軽く笑う。

「冗談、冗談」

「すみません……」

またうつむいてしまったインヴィにやさしくマスターは告げる。

「まぁー、環境が変わるってのは不安だわな。でも、動かなければ景色は変わらない」

それからマスターはほんの少しだけ視線をそらす。

「変わらない景色をいつまでも眺めていても、ただ時間の中に取り残されていくだけだ。未来に起きる事実を知った、インヴィ、おまえの心はどうだ？」

いつもとほんの少し違う口調でそう告げたマスターにインヴィが顔をあげた。そしてマスターは続ける。

「鍵が導く心のままに――いつも言ってるけど、心が命じた事には逆らえないってこった」

「はい」

マスターの言葉にインヴィは静かに、だがはっきりと頷いた。

第2章

ドワーフ・ウッドランドからデイブレイクタウンに帰ってきたキミが見たのは、大きな流れ星だった。青空の中を一直線に落っこちてきた。

「いったいなんだろうねえ？」

キミを、噴水広場で出迎えながらボクは、見上げる。いったい何が起きたんだろう？

「海の方みたいだよ。見に行ってみる？」

そう提案したボクにキミは頷く。そういえばキミはまだこの街のことをよく知らない。街の真ん中には大きな噴水があって、まわりに敷き詰められたレンガで5つの星が描かれている。さらにそのまわりは家がいっぱい。そして遠くには高い時計塔が見える。でも時計は普通の時計じゃなくて、丸い文字盤がいくつも重なっていて、何時を指しているのかよくわからない。いつも大きな振り子が動いている。時々鐘も鳴るんだそうだけど、それは特別な時だけ。まだキミは聴いたことがないはずだ。そして空は大体いつも夜明け前の色をしている。黄昏よりも薄暗い空の色は淡い紫と青の間の色をしている。

キミが噴水広場から海の方へと向かう階段を駆け上がろうとすると、ハートレスが現れた。街の中でもハートレスは神出鬼没だ。キミはすでにキーブレードの使い方を知っている。迷わず敵めがけて振り下ろす。倒したハートレスから光がこぼれ、それを集めながらキミは進んでいく。

キーブレード使いたちはこれを集めるのが使命だからね。

街のあちこちには水路が巡らされていて、きれいな水が流れている。橋を渡り、キミは臨海公園と呼ばれる広場に出る。その名の通り海に面した公園だ。その真ん中にある丸い花壇のあたりにいろんな色のブロックが散らばっているのをキミは見つける。

いったいなんだろう?

キミは近づいてそのブロックを手に取ろうとするけれど、そこに誰かが駆け寄ってくる。

「クポ!」

この街でお店を開いているモーグリだ。しばらくキミと見つめ合ったモーグリは、気まずくなったのか、先にぷいっと顔を背けた。

「これはまた商売になりそうなニオイがするクポ」

そう呟くとモーグリはあたりに散らばっていたブロックを集め、あっという間に走り去る。

追いかけるかどうか迷うキミの耳にグワグワッ、という初めて聴く声。

「もうどうなってんだよ!」

「バラバラになっちゃったねえ」

声のした方向にキミが歩いて行くと、そこにはさっき散らばっていたブロックで作られているらしい飛行機のようなものと、人影がふたつ。

「アッヒョ！」

先にキミに気がついた背の高い方が叫び声をあげ、それから話しかけてくる。彼は黄色い帽子に同じ色のズボン、緑のシャツに茶色いベストを着ている。もうひとりの背の低い彼は青い服だ。

「キミのそれって……」

「鍵だ〜！」

背の小さい、声がグワグワした方がそう叫んだ瞬間、キミたちのまわりにハートレスが現れた。

ふたりが驚いて跳び上がる。キミは鍵——キーブレードを手にハートレスたちに立ち向かう。

でも今日のハートレスたちはいつものハートレスたちとちょっと違う。さっき散らばっていたブロックを組み合わせたような形をしている。そして、キミが倒すたびにそのハートレスからいつもの光（ルクス）じゃなくて、小さなブロックが落っこちて背の高い方のポケットに飛んでいった。

「グワッ！　今のなに⁉」

小さい方が声をあげ、そのポケットを覗（のぞ）き込んだ。

「えっ？　僕にもわから……あれ？」

背の高い方がポケットからブロックを取り出して見つめる。

「これグミブロック？　どういうこと？」

首を傾げる小さい方。どうやら彼が手にしたものはグミブロックというらしい。

「ううん、これのせいかなあ」

そう言いながら彼は、ポケットの中から丸い形をしたレーダー装置のようなものを取り出した。

「それとあの子のおかげだと思う。彼がハートレスを倒したことで、取り込まれていたグミブロックがこのグミレーダーで抽出（ちゅうしゅつ）されたんだよぉ」

彼がキミを見つめながら言った。もうひとりは考え込んでいる。背の高い彼の手にあるものはグミレーダーというらしい。

「うーん」

しばらく考え込んでいた背の小さい方が、突然顔をあげる。

「僕はドナルド！　それでこっちが……」

「グーフィーだよ」

ふたりがそれぞれキミに自己紹介した。キミもそれに答えて名前を告げる。

「キーブレード！　どうしてキミが持ってるの？」

ドナルドがキミに問いかけた。キミは今までのことをふたりに説明する。

「仮面の白ローブ？　チリシィ？　グワァ、ぜんぜん知らないなー」

ドナルドはちょっとがっかりしたように言った。

「世界は広いからね。僕たちが知らないことはたくさんあるよ」

「うーん……」

うつむいたままのドナルドの横でグーフィーはキミを見つめる。

「ところで僕たち、乗ってきたグミシップが壊れて困ってるんだ。見ての通りバラバラになって材料のグミブロックがハートレスに取り込まれちゃったみたい。キミの力を貸してくれないかなあ」

心底不安そうな口調で、おそるおそるグーフィーが頼んできた。広場の中央にある飛行機のようなものはグミシップ。そしてふたりはこのグミシップに乗ってここに来たらしい。

「グーフィー！　そんなの人に頼まなくても自分たちで集めればいいでしょ！」

ドナルドがちょっぴり呆れたように言う。

「ううん、でも見て。僕たち武器持ってきてないでしょ」

「あっ！」

グーフィーの指摘にドナルドが声をあげ、しょんぼりとうつむく。

確かにブロックを集めるにはハートレスを倒さなければならない。武器を持っていないんだとしたらかなり大変そうだ。

「そんなわけだから、頼めるかなぁ？　さっきみたいにハートレスをやっつけてグミブロックを集めて欲しいんだ」

「僕からもお願いするよー」

グーフィーに続いて、顔を上げたドナルドからも頼まれた。

キミはしっかりと頷く。

「ありがとう！　じゃあこれはキミに預けておくね」

キミの手にグーフィーからグミレーダーが手渡される。きっとこの街のあちこちにグミブロックを取り込んだハートレスが潜(ひそ)んでいるはずだ。

「僕らはグミシップを直しながらここで待ってるね」

グーフィーたちに見送られながら、キミは駆け出す。

まずは海沿いの遊歩道からだ。あちこちにいるハートレスをキミはどんどん倒していく。まずはさっきも倒した空を飛ぶ飛行型のハートレス、グミスラスターからだ。

それから噴水広場に戻り、ここでもキミはグミスラスターを倒す。

さらに敵を捜しながら進んで行くと、市場にいたのはボールの形にグミブロックが集まっているハートレス、カラフルグミハンマー。キーブレードの扱い方にも慣れてきたキミは、ハートレスをどんどん倒していく。

街の中を一周して戻ってくる頃にはかなりの数のグミブロックが集まっていた。

キミは臨海公園に戻り、グミシップを囲んであーでもない、こうでもないと話し合っているドナルドとグーフィーに声をかける。

「ありがとう！　これだけあればなんとかなると思うよ」

グーフィーがうれしそうに言った。隣でドナルドも頷く。

「さっそく組み立ててみるね」

ふたりがグミシップのまわりをウロウロしてあちこちにグミブロックをくっつけ始めるのをキミは見つめる。

「これをこっちにくっつけて……」

「このパーツはこっちかな……」

「グワッ！　グーフィーそれはそっちじゃないよ！」

ふたりがちょっとだけケンカを始め、本当に大丈夫なのかキミは少し不安になりながら見守っている。

「あれ、ちょっと違うんじゃない？」

「グワワ……」

ドナルドとグーフィーの前で出来上がったのは、飛行機じゃなくて車の形をしたグミシップ……？　だった。

「僕たちドライブに行くんじゃないよ、グミシップを作らないと」

「そんなことわかってるよ！　シップを作ればいいんでしょ！」

呆れたように言ったグーフィーにドナルドがちょっとだけ怒りながら言う。ドナルドは間違った形に組み上がったグミシップをまたバラバラにし始める。

「うーん、今集まってるグミブロックじゃエンジンが組み立てられないよ」

「どうしたらいいのかなあ……」

困った顔をするグーフィー。そのとき、キミはポケットの中でグミレーダーが震えたのを感じて取り出す。グーフィーもグミレーダーの画面を覗(のぞ)き込む。

「……見たことのない反応がある！　もしかしたら足りないグミブロックの手がかりかもしれない」

グミレーダーが指し示すのは橋の向こうの市場だった。

キミは頷くとまた駆け戻っていく。

さっきよりグミブロックを持ったハートトレスの数が増えている気がする。市場にたどり着いたキミはグミレーダーを確認する。

市場に隣接する建物の中に特別なグミブロックを持ったハートトレスがいるみたいだ。

キミは薄暗い建物の中に入っていく。どうやらここは倉庫みたいだ。

箱の上を伝って2階の通路に行くと、真っ黒なグミスラスターがキミを待ち構えていた。

キミはキーブレードを構える。

放たれるミサイルがキミを襲う。今までのグミスラスターよりもちょっと大きくて強い。キミはジャンプしてそれを避けると空中にいるグミスラスターにキーブレードを振り下ろす。

がつん、と大きな手応えがして、グミスラスターがバラバラになる。そしてその中に今までとはちょっと違った形のグミブロックが転がっていた。キミはそれを拾い上げ、倉庫から市場へと出ていく。

これできっとグミシップの修理ができるはずだ。

でも、戻ろうとするキミの周りにハートレスたちが現れた。

今度はグミブロックを持ったハートレスじゃない。見た目が全然違ういつもの魔法を使うハートレスたちだった。キミの周りを囲んでいる。

緊張してキーブレードを構えるキミ。

そのとき、空に一筋の光が現れた。光はジグザグに動きながらキミの元に落ちてくる。

すると、驚くキミの前に姿を現したのはキミより少し背丈は小さいけど、凛とした雰囲気の彼。赤い服を着て、白い手袋をしたその手にはキーブレードが握られている。視線は厳しく、ハートレスたちをにらみつけていた。そしてキーブレードを振るったかと思うと、一瞬でハートレスたちを消し去った。

「この世界も闇が浸食しているのか」

彼はそう言うと、キミを見てにこりと笑う。

「でもこの世界にもキーブレード使いがいるとはね」

彼がキミに手を差し伸べた。キミも手を伸ばし、彼と握手する。

「僕はミッキー」

そう、彼の名前はミッキー・マウス。名乗った後ミッキーは、手を離しほんのちょっと困った顔をする。

「どうやらまた、思いもよらない世界に来ちゃったのかな……」

そしてあたりを見回した。

「ねぇ、ところで最近僕みたいに突然やってきたふたり組を見なかった？　ドナルドとグーフィーっていうんだけど」

もちろん知っていたキミはミッキーに今までのことを話した。

「え⁉　グミシップが壊れてその修理をキミが手伝ってくれていたのか。ありがとう！　彼らと同じ世界に来られてたならよかった！」

そう言うとミッキーは後ろをちらりと振り返って見る。

「やっぱりキミたちに同行してもらって正解だったね」

ミッキーは後ろにいる誰かに向かって話しているみたいだった。誰もいないように見えるけれど――

「王様～！」

そのとき、ミッキーの両肩から小さなシマリスが2匹顔を出す。どうやらミッキーは王様らしい。そして2匹は肩から地面へと飛び降りた。

「僕たちも一緒だったんだから、安全運転で飛んでくださいよー」

「そお〜？　僕は楽しかったけどー」

黒い鼻をした方が甲高い声で訴えると、赤い鼻をした方がのんびりと返す。

「ごめんね、チップ、デール。ちょっと急いでたんだ」

ミッキーがふたりに謝る。彼らの名前はチップとデールというらしい。そして明るい声で言った。

「さあ、ドナルドとグーフィーを手伝ってきてくれるかい？」

「僕たちにまかせてよ！」

チップがミッキーに胸を張る。

「ふたりを連れて行ってくれるかな」

キミはミッキーの依頼に頷く。するとチップとデールがキミの肩に乗る。

「よろしくー！」

チップとデールにそう声をかけられると、キミはドナルドとグーフィーが待つ臨海公園に向かう。

ミッキーはその背を見送ると、空を見上げた。

「最初は星のカケラに導かれたんだと思ったけど、どうやら違ったようだ……」

そして呟いた。

「あなたはいったいなにを……」

そのミッキーをどこからか見つめる予知者（よちしゃ）の姿がひとつ。


ハートレスたちを倒しながら、キミは臨海公園にたどり着いた。

ドナルドとグーフィーは、今度は船の形になったグミシップ？ をああでもないこうでもないといじっているようだった。

「わあ、かっこいいねえ」

デールが言う。確かにかっこ悪くはないけれど——

「どうしてこんなことになっちゃってるの！」

チップは様子の違うグミシップを見ながら呆れたように言った。

「うーん、どうしてかな、チップならわかるかい？」

グーフィーがのんびりと言ってからチップとデールの方を振り返る。

「あれー？ チップとデールがいるよ」

グーフィーが2匹に駆け寄る。

「グワー！」

それにドナルドも続いた。

「さあ、どいてどいて！」

チップが言い、デールはジャンプしてドナルドの頭に登る。

「あとは僕たちにまかせてー！」

どうやら彼らはグミシップのことをよく知っているみたいだ。彼らはグミシップに駆け寄るとあちこち見て回る。

「とりあえず形はまあまあオッケー。でもコアになるパーツが足りないよー」

デールが言った。コアパーツ。

もしかしてこれのことだろうか？

キミはさっき倉庫で手に入れた黒い色をしたグミブロックをみんなに見せる。

「あれのこと？」

「そうそう！」

グミブロックを指し示したグーフィーの言葉に応えて、チップがキミからコアグミブロックを受け取った。

「ちょっと待ってて！」

チップとデールがグミシップの組み立てを始める。

「これで安心だねえ」

グーフィーがニコニコしながらキミを見た。

「キミのおかげだ！　ありがとう！」

ドナルドもうれしそうに感謝の言葉を告げる。

「でもどこでチップとデールに出会ったの？」

グーフィーの問いかけに、キミはミッキーとのいきさつを説明する。

「王様！」

「王様が来てるんだ⁉」

ふたりがうれしそうに顔を見合わせる。そのときチップが言った。

「これでよしと！」

グミシップはチップとデールが組み立て直し、今度は船の形から飛行機の形になっている。

これなら飛びそうだ。

「エンジンチェックするよー」

チップが言うと、ドナルドとグーフィーがグミシップに乗り込む。グミシップの上でチップとデールもスタンバイしている。

「えっとーこれかな？」

「それじゃない、ドナルド！」

「えっ？」

ドナルドが適当にボタンを押しているのを見て、グーフィーが慌てていると、グミシップがたちまちぶるぶると振動を始める。

慌てたチップとデールが飛び跳ねる。

「どうなっちゃうのぉ？」

ちょっとのんびり言ったデールに、

「このままじゃ機体がバラバラになっちゃう！　すぐに飛び立たないと！」

チップがきっぱりと言った。グミシップはいまにも飛び立ちそうな勢いでエンジン音をあげる。

「でも王様は？」

デールがそう訊いたとき、ミッキーが駆け込んできた。ミッキーはキミに笑顔を向けると、グミシップに飛び乗る。機体の上に乗っていたチップとデールも、座席に入りこむ。

「さあ帰ろう！　僕たちの世界へ！」

ミッキーの宣言(せんげん)が合図になったかのように、グミシップが勢いよく飛び立つ。

それをキミは唖然(あぜん)としながら見送るしかない。

そこにくるりと回転しながらボクが姿を現す。

ボクもまたキミと空を見上げて、王様たちの出発を見送る。

「来た時と一緒で、慌ただしく帰って行ったね……彼があの王様なんだぁ……」

そう呟きボクは空を見上げ続け、キミもまたその隣でずっと夜明け前の空を見上げている。


デイブレイクタウンの時計塔の奥では、いつものように歯車が音を立てて回っていた。歯車が組み合わさって、まるで壁のようになっている前には家具が置いてあり、その上には試験管にフラスコもある。どうやら誰かがここで、何かの研究をしているのがわかる。

その机の前、黒いコートを着たマスター・オブ・マスターは座って、書物のページをめくっている。その横にはマスター・オブ・マスターと同じ黒いコートを着ている青年。彼がルシュだ。フードに隠されて表情はよくわからない。

「って事で、君は重要な7人目なわけ」

「はぁ……」

マスター・オブ・マスターの口調はいつも通り、なんでもないことを告げるかのようだった。

ルシュはその言葉に少し戸惑っているみたいだ。

「あ、弟子は6人だけど、俺含めて7人目って意味ね」

そう言うとマスター・オブ・マスターは何かに気がついたのか顔をあげて、ルシュを振り返る。

「あれ？　釈然としてないのってそこじゃない？」

「いえ、あ、まぁ……」

戸惑っているルシュの前でマスター・オブ・マスターは立ち上がる。そしてルシュの正面に立った。それから右手を差し出す。その手に現れたのはキーブレードだ。いつか何者かが持つ名もなきキーブレード。

「じゃこれ」

マスター・オブ・マスターにルシュが歩み寄る。それは継承の儀式。そして、マスター・オブ・マスターの横には黒い箱が置かれていた。

ルシュに与えられた使命をきっかけに、この先すべてが繋がっていくことになるけれど、それはもっと先の話——今はまだ誰も知らない。

第3章

デイブレイクタウンに戻ってきたキミは、何か役に立つものはないかとモーグリの店に向かう。

「こんにちは、君もキーブレードを持ってるんだね」

同じようにお店で買い物をしていたキーブレード使いが、キミに話しかける。話しかけてくれた相手以外にも、ふたりのキーブレード使いが店にいた。どうやらキミ以外の3人は顔見知りのようだ。

「ところで、知ってるかい？　この街に現れた新種のハートレスのことを」

キミは首を振る。

「これが、なかなか手強いみたいでね。数も多いから、みんなで手分けして倒そうということになったんだ。それで、君にも協力してほしいんだよ」

ひとりで倒すよりみんなで倒した方がいいに決まっている、とキミは了承する。

「ハートレスを倒したら、またこの店で落ち合うことにしよう。じゃ、頼んだよ！」

そう言い残してキーブレード使いたちは店から出て行く。

「クポ！　強いハートレスがいるならしっかり準備していくクポ！」

彼らに続こうとしたキミにモーグリが声をかける。ついこのあいだキミからグミブロックを横取りしたことなどすっかり忘れているようだ。

キミは必要なものを買うと街へと出て行く。

街はいつもどおりに見える。

新種のハートレスはとりあえず見当たらない。いったいどこにいるんだろうか？

キミはいつものハートレスたちを倒しながら、まずは臨海公園（りんかいこうえん）の方へと向かう。

確かにいつもより強いハートレスがあちこちにいる。そして仲間たちもいっしょだ。

普段はひとりで戦っていることが多いけれど、こんな風に仲間がいるのはちょっとうれしい。

街を一周して、キミは夢中でハートレスを倒していく。

それにしてもどうしてこんなにたくさんのハートレスがデイブレイクタウンに出現するようになったんだろう？


キミがハートレスと戦っていたその頃——

ボクはデイブレイクタウンの人気のない場所でひとり空を見上げていた。そこに誰かのボク——チリシィが姿を現す。

「やぁ、チリシィ」

「やぁ、チリシィ」

ボクたちは言葉を交わした。ふたりとも見た目も口調も声もしぐさも、何もかもが同じだ。

「どうだい？　君のプレイヤーは」

ボクは彼に声をかける。

「無関心な感じだったねぇ」

「そうか……」

彼の答えにボクは頷く。

「まだ試練が足らないのかも」

「困ったねぇ」

「ただでさえ、光の勢力は5つしかないのに」

「欠落は埋められない。彼らの成長に期待するしかないね」

そう囁くように話し合うと、ボクたちは空を見上げる。空はいつもと同じ夜明け前のまま――

ハートレスたちを倒し、モーグリの店に戻ってきたキミ。

けれど約束したはずのキーブレード使いたちはひとりもいない。かわりにいたのはチリシィだった。キミは仲間たちを探す。でもどこにもいない。キミといつもいっしょのチリシィ——つまりボクとはどこか様子が違うような気がするそのチリシィ。その違和感の正体はよくわからない。すると静かにそのチリシィが口を開いた。

「彼は来られなくなったんだ……」

その言葉にキミは驚く。約束したはずなのに、どうして来られなくなってしまったんだろう。

チリシィは続ける。

「ボクは彼から伝言をたのまれてね。約束を守れなくてゴメンって。じゃ、たしかに伝えたよ」

そう言ってチリシィはいつもと同じようにくるりとまわり、煙に包まれながら姿を消してしまう。

キミは彼らに何があったのかよくわからないまま、ただひとり立ち尽くす。

そして——


ボクは数日前と同じ場所にいた。

あのチリシィと出会ったその場所に。時計塔の見えるデイブレイクタウンの一画、夜明け前の空の下だ。けれども今、彼はそこにまるで力尽きたかのように倒れている。

ボクに気づいたチリシィが、弱々しい声で返す。

「やぁ、チリシィ……」

「……やぁ」

それにボクもなんだかちょっと悲しくなって答える。

「ボクのキーブレード使いは闇に消えてしまった……ボクの役目もここまでかな……」

倒れている彼が言った。〝ボクのキーブレード使い〟ってあのキミと約束をしたキーブレード使いのことだろうか。それとも別のキーブレード使いだろうか。

「ボクたち使い魔は、キーブレード使いに紐付けられる。彼が消えれば、ボクらも消えるんだよ」

どこか諭すようにチリシィは言った。

「そうだよね……」

わかっているけど、そう答えるしかなかったボクは体を上げて、空を見つめる。いつもどおりの夜明け前の空だ。すると、その目の前で、倒れたままのチリシィが浮かび上がる。

そして、そのまま上へ昇っていき、ゆっくり消えていく。

それをボクは見つめることしかできなかった。

――ボクたちはプレイヤーが消えれば、消えてしまう――消えてしまうんだ。

彼のキーブレード使いは闇に飲まれて消えてしまった。

闇の力はそれほどに強い。いつキミだって消えてしまうかわからない。そう思うとボクは不安になる。

彼が完全に消えてしまうまで見送ったボクの背後に、予知者インヴィ様が姿を現した。

「キーブレード使いの活躍によって、多くのルクスを回収しても、それ以上の勢いで闇の勢力は拡大しています」

インヴィ様にボクは振り返る。

そして言葉を選びながら訊き返す。

「やっぱり、５つの光の勢力に裏切り者が？」

「まだ、そう信じたくはありません」

沈んだ声で言ったインヴィ様もまた、消えたチリシィのあとを見つめる。


彼はどうして来られなくなってしまったんだろう。

そう思いながらキミはひとりデイブブレイクタウンを歩く。さっき戦ったハートレスたちは強かった。もしかしたらとキミの胸を不安がよぎる。強くならないと、いつ自分だって約束を守れなくなってしまうかわからない。

もっと強くならないと。

キミはキーブレードを握りしめる。

もっと。

そんなキミの前にいつものように煙の中からくるりとボクが姿を現す。いや、じつはそれはボクじゃなかったんだけど、キミは彼をボクだと思ったかもしれない。

「やぁ、がんばってるみたいだねぇ。言ってあったとおり、活躍はいつもそばで見てるんだけど、もっと能力を強化したいよねぇ？」

そうだ、もっと強くなりたい、キミはそう思ったんだ。

キミは頷く。すると彼は首から下げたがま口を自分で覗き込む。

「そんなキミにプレゼントを預かってきたんだ。ちゃららちゃっちゃちゃちゃ～」

もったいぶるように言うと彼は、そのがま口からブレスレットのようなものを取り出した。

星の形をした石が入っているきれいなブレスレットだ。

「ストレングスバングル～」

キミは彼からそれを受け取ると、腕につけてみる。ストレングスバングルはきらりと光り、まるでずっと前からキミの腕についていたみたいに馴染んでいる。思わずキミはうれしくなってその腕を彼に見せる。すると彼はボクとは違うちょっと不思議な表情をしてから、言った。

「うんうん。よく似合ってるよぉ」

そしてすぐさま続ける。

「それを装備してハートレスを倒すと、ギルトを落とすことがある。ギルトを集めることで、自分の力に換えられるんだ。ただし、ギルトを落とすハートレスは、いつも決まっているわけじゃないから注意して」

〝ギルト〟という新しい言葉にキミは首を傾げる。ギルトって〝罪〟っていう意味じゃなかったっけ。ハートレスから罪(ギルト)を集めて自分の力に変える……そんなことができるんだろうか。

「まあまあ、そんな顔しないで、とりあえず使ってみようよ。それを装備して、よりいっそうハートレスを倒すことに励んでくれればいいよぉ」

確かに今までどおりハートレスを倒していれば、ルクスが集まってくるようにギルトも集まり、なおかつ力に変えられるのならば、それは一石二鳥(いっせきにちょう)だ！

キミは納得すると彼に向かってキーブレードを掲げる。

「うんうん。その意気だ。じゃ、よろしくたのむよぉ」

機嫌よくそう言うと彼は、ボクがいつもするようにくるりと空中で回って姿を消してしまう。

その頃――――ボクは別の場所にいたことをキミは知らない。

他の世界（ワールド）へと向かったキミが降り立ったのは小さな部屋だった。ここはワンダーランド。特におかしなところは見当たらない。部屋の真ん中にはテーブルがひとつ。小瓶（こびん）が置かれている。でもひとつだけ変なところがあった。部屋から出るドアが見つからない。

キミは部屋を一周して、小さなドアを見つけたけれど、キミが入れそうな大きさじゃなかった。ボクならすごく無理をすれば入れるかも。

キミはしゃがみこむと、ドアをのぞきこむ。すると——

「ここを通りたいのかい？」

いきなりドアノブが喋（しゃべ）った。キミはびっくりして手を引っ込める。

「ダメダメ、そんな大きくちゃ無理だ。他を当たっとくれ」

でもこの部屋からはこのドアを通らないと出られそうもなかった。キミが考え込んでいるとドアノブが慌てたように言う。

「おいおい、泣くのだけはかんべんしとくれよ」

それからドアノブはちょっとだけ目を閉じて、何かを思い出そうとしている。

「ふーん、そうだな。おまえさんみたいによそから来た女の子がいたんだよ。その子に話を聞いてみてはどうかかな」

キミは首を傾げる。

「その子はどこかって？　おっほっほ、それはもちろん、このドアの向こうだよ」

仕方なくキミはドアノブに手を伸ばす。でもドアノブはしかめっつらをする。

「だからダメだって。最初に言っただろ。大きすぎるって。話は最後までお聞き」

ドアノブはテーブルの方を見た。

「テーブルの上にビンがあるだろ？　説明書も付いてる。どうするか考えてみてはどうかね」

キミが立ち上がってテーブルの方を見たとき、件の瓶を奪い去る怪しい影があった。

ハートレスだ！

「なんてことだ！　まずはビンを取り返すんだ」

ドアノブにけしかけられ、キミはキーブレードを手に追いかける。でも瓶を持ったハートレスはかなりすばしっこかった。部屋のあちこちを跳ねて逃げ回り、なかなか捕まらない。ソファーの上、棚の上、テーブルの下、狭い部屋の中をあちこち追いかけ回し、ようやく捕まえて瓶を取り返す。

瓶の口の部分には赤いラベルがついていて、大きな木が小さな木になる様子が絵で描かれていた。

「……飲んで大丈夫かな」

ボクは思わず呟いたけれど、キミは頷くと瓶を口へ運んだ。

ごくり、とキミが瓶の中身を一口飲む。するとキミの体はみるみる小さくなった。それを見たボクも一口瓶の中身を飲んでみる。変な味がする、と思った瞬間ボクの体も小さくなる。

ボクとキミは顔を見合わせて笑い、小さなドアに向かう。

そしてキミがドアノブに手をかけたけれど、鍵がかかっていた。もうドアノブは喋らない。

それならばと、キーブレードを鍵穴にかざす。すると光が伸びて、かちりと音がした。

ボクたちは開いた扉をくぐる。


扉の向こうは緑あふれる森だった。

「……どういうこと?」

戸惑うボクにキミは肩をすくめ歩き始める。森の中は変な形の木がたくさんだ。でもちゃんと道ができている。分かれ道にひとりの女の子がいた。金色の髪にブルーと白のエプロンドレスを着ている。

「あら、あなた、どなた? あたしはアリスよ」

女の子が名乗ると、キミも挨拶を返す。

「あなたは……変わったあいさつはしないみたいね。よかった」

変わった挨拶ってなんのことだろう？

「ねえ、あなた、ウサギを見なかった？　私、ウサギを追いかけてるの」

キミは首を振る。

「そう、残念ね……どこへ行ったのかしら」

そう言ってしばらく考え込んでいるアリス。するとキミたちの前を白いウサギがすごい勢いで駆け抜けていく。メガネをして時計を手に持った不思議な白ウサギだ。

「しっちゃかめっちゃか遅れちまっちゃって、大変大変、遅刻だ遅刻！」

「あ、ウサギ！」

アリスが白ウサギを追いかける。どうやら彼がアリスの目的だったようだ。

「ねえ、待って！　ウサギさん！　ね、ウサギさん！」

そのままアリスが駆けていき、キミも追いかけようとしたそのとき、背後から声がする。

「迷ってるのかニャ？」

振り返ると今度は猫が声をかけてきた。紫とピンクのしましまの不思議な猫だ。ボクもちょっと不思議な、猫みたいな生き物だけど。

「とにかくニャー、何か知りたかったら、このチェシャ猫に聞くといいニャ。アリスは白ウサギを追いかけていったニャ」

ボクとキミは顔を見合わせる。そんなことは見ていればわかるのに！　変な猫！　キミとボクはアリスを追って駆け出した。しばらく捜していると――

「ヒャー、助けてー！」

ボクたちに向かって駆けてきたのは、さっきの白ウサギだった。

「助けてー、怪物が出たー！」

そのままボクたちの前を通り過ぎてしまう。

ハートトレスかもしれない。ボクたちは白ウサギが走ってきた方に行くと、森が開けた。

そこに建っているのは赤い屋根をした家――だけど、扉と窓からアリスの腕と足が飛び出て、屋根から顔を出している。

確かにこれは怪物かも。

――急におっきくなっちゃったのかな？

ボクが疑問に思っていると、アリスが泣き出しそうな顔をする。

「どうしよう……」

さらにハートトレスも姿を現した。アリスは動けそうにない。

キミはハートトレスに立ち向かう。敵は炎を放つハートトレスだった。魔法を弾きながら、キミはどんどんハートトレスたちを倒していく。

森に火が燃え移らないように注意しながらすべてのハートトレスを倒し終わると、キミはアリスに笑顔を向ける。

「ありがとう。助かったわ……でもこれじゃ動けないわ、どうすればいいかしら」

困ったな、とボクたちが思い悩んでいると――アリスはあたりを見回し始めた。

「あら、お庭がある。もし、何か食べたら、小さくなれるかもしれないわ。ねえ、あなた。そのお庭から野菜を採ってきてくださらない？」

そう頼まれたキミはうなずいて、お庭に実っているにんじんを採り、アリスに食べさせてあげた。

すると、ボクたちの前でアリスがみるみる小さくなっていく。

「ありがとう！」

嬉しそうに家から飛び出してきたアリスは、キミに感謝の言葉で頭を下げると、再び走り出す。

「待ってー、待ってってたらー、ウサギさーん！」

――そして白ウサギを追いかけていってしまった。

「……まったく、ここは不思議なことばかり起こる世界だねぇ」

ボクの言葉にキミが笑う。

その夜、キミは夢を見た。

キミは多分時計塔の中のどこかにある部屋にいる。

部屋には6人の人物がいた。

ひとりは知っている。キミのユニオンのリーダーでもあるインヴィ様だ。残りの4人もインヴィ様とは違う動物のマスクを被っている。

もしかするとこの人たちは予知者なのかもしれない、そうキミは思った。

そして仮面を被った5人はひとりの黒いコートを着た人物の話を聞いていた。でも今のキミにはその黒いコートの人物が誰なのかわからない。

ただわかるのは、これがキミのこれからの行動を変えた夢だということ。

そしてキミは夢から醒(さ)める。ここはいつもの部屋だ。ベッドの傍(かたわ)らでボクは心配になり、キミを見つめていた。

「どうしたんだい？　ずいぶんうなされていたけど？」

そう声をかけたけれど、キミは夢の内容をもうよく思い出せない。

ただそれが自分の知らない出来事の夢だということ以外には。

「もう一度眠った方がいいよ」

ボクがやさしく言うとキミは再び目を閉じる。キミがまた静かに寝息を立て始めたのを確認してから、ボクは窓の外へと話しかけた。

「君が邪魔(じゃま)をしたのかい？」

するると、窓の外からもうひとりのチリシィが顔を出す。彼は言った。

「君が夢を見せたのかい？」

けれど、ボクは何も答えない。

「何がしたいんだい君は？」

窓の外のチリシィがもう一度問いかけた。よく見ると彼はボクより少し体の色が灰色っぽい気がする。

でも気のせいかもしれない。

「君と真逆(まぎゃく)のことさ」

ボクはそう答える。すると窓の外のチリシィは少し考え込んでから言った。

「じゃあ、ボクらは敵になるんだね」

それだけ言うと夜の闇に溶け込むように彼は姿を消す。それを見送って、ボクは、またキミの寝顔を見つめる。

「ボクは、守れるのかな……」

そう小さな声で呟いた。

昨晩見た夢のことなどすっかり忘れて、いつものように目覚めたキミは噴水広場に向かう。

「ちょっと聞いてクポ！」

すると店からモーグリが駆け寄ってきた。そしてキミに情報を伝える。

「臨海公園にすっごくコワそうな魔物がいたんだクポ！　あんなのいたらお店にお客さんが来なくなっちゃうクポ！　お店がつぶれたらお得意様も困るクポ？　そんなわけだから様子を見てきて欲しいクポ！」

モーグリは自分の都合だけをキミに押し付けると、また走って店に戻っていってしまう。

でも、もしかすると――

こんな特別なお願いをしてくるなんて、案外他のキーブレード使いよりキミはモーグリに信頼されているのかもしれなかった。

キミは噴水広場から臨海公園へと向かう。

以前、ドナルドとグーフィーが待っていたその場所に、見たことのないハートレス――インビジブルがいた。大きな翼を持つ真っ黒な巨人のような姿をしている。

そして、その前にキミと同じようにキーブレードを持った少年が対峙（たいじ）している。白いシャツに黒いジャケット、そして赤いスカーフを首に巻いている銀髪の少年だ。

彼はジャンプすると一気にキーブレードをインビジブルに叩きつける。繰り出される技を見ればキミよりも強いとわかる。彼の最後の一撃でインビジブルが消滅する。

だけど彼もゆっくりとその場所に倒れ込みそうになる。キミは慌てて彼の元に駆け寄った。

ちょっと苦しそうにしていた彼は、キミの声にゆっくりと顔をあげる。そして言った。

「大丈夫」

立ち上がろうとする彼に、キミは手を貸す。

「ありがとう、ちょっと一人で挑むには無茶な相手だったかな」

そして笑う。キミも彼につられて思わず笑ってしまう。

「俺はウニコルニスのエフェメラ。キミは？」

彼――エフェメラが名乗ったように、キミも自分が所属するユニオン名であるアングイスと自分の名前を告げた。

「そうか、じゃあライバルだな」

お互い違うユニオンに所属しているのを知ると、エフェメラはそう言った。

キミもそれに頷く。違うユニオンのメンバーに出会ったのは初めて……いや、この間モーグリの店で会ったキーブレード使いたちのユニオン名も名前も聞かなかったことを思い出し、キミはちょっと悲しくなる。

「でも今日はミッションと無関係の単独行動だから、あんまり警戒しなくていいよ」

エフェメラは言う。キミの悲しそうな表情を、別ユニオンに対して警戒しているんだ、と勘違いされたようだ。ところでミッションとは関係のない行動ってなんだろう。

キミは首を傾げる。するとエフェメラが困った顔になった。

「う～ん……これも何かの縁かな。助けてくれたお礼に教えるか」

そう言うとエフェメラはキミに一歩近づく。そして口を開いた。

「俺たちが回収してるルクスは、おとぎ話の世界の光じゃなく、それらの世界は立体映像のような幻で、実際にはこの世界の光を回収してるんだ」

エフェメラの言ったことがまったくわからずキミは首を傾げる。

おとぎ話？　立体映像？　幻？？？

エフェメラはキミの反応に考え込み、ちょっと離れたところに歩いて行く。

「ん～……」

そして考え込んでから、また口を開く。

「厳密に言えば、今いる世界はすべて地続きで、無数の世界が存在している。でも、その世界をすべて巡ってルクスを回収するのは不可能。そこで、この場には存在しない世界を出現させ、実際には遠く離れた場所のルクスを回収しているというのが、今の構造なんだ」

わからないながらもキミは必死に頷く。エフェメラがおそらく、とても大事なことを話している、というのだけは感じ始めていたからだ。

「で、で、俺はその仕組みを調べようとしてて、それら世界の幻の発生元が、各ユニオンの予知者たちの持つ予知書じゃないかと思ったんだ」

さらに重ねられた説明にキミはまた首を傾げてしまう。

「……どうやら、まだ重要性がわからないみたいだね」

エフェメラが大事なことを話しているのはわかる、でもキミにはエフェメラの話していることの意味がわからない。

予知者、予知書、世界の幻??

予知者と予知書はわかる。でも世界の幻というのが全然わからない。キミの様子を察したのか、エフェメラはさらに続ける。

「まぁ、まぁ、ともかく、俺たちは実は狭い空間で、この広い世界の光を回収してて、なぜかそれを何の疑問も持たずに奪いあい争ってる。だから俺はその理由を調べてたんだけど、どうやら5つのユニオンは目的が違うみたいなんだ」

そこで急にキミは昨夜見た夢を思い出す。

5人の予知者が集められていたあの場所。そしてあの5人はユニオンのリーダーでそれぞれ目的が違う……?

もしかしてあれはただの夢じゃなかったのかも知れない、とキミは思う。

「どうした突然？」

エフェメラがキミの様子の変化に気づいて、キミに問いかける。キミは昨晩見た夢の話をエフェメラにする。すると、エフェメラが考え込んだ。

「それは興味深いな……どうかな？　ちょっといっしょに調べてみないか？」

エフェメラの提案にキミは頷く。

もしあれがただの夢じゃないんだとしたら、調べたくなるのは当然だ。

「よし、じゃあ、キミの夢に出てきた場所に行ってみよう」

エフェメラが遠くの時計塔を見つめる。そうだ、キミの夢に出ていた場所は時計塔の中だった。

キミとエフェメラは時計塔に向かう。

そして――キミたちが去った場所にボクが姿を現す。

でもずっと見ているのはボクだけじゃないようだ。

「彼は君の差し金かい？」

ボクは問いかける。仕方なさそうに彼――昨夜ボクが出会ったもうひとりのチリシィが姿を現す。

「さぁ？」

もしそうだとしても、そんなことボクに話せるわけないか。ボクがどうしてキミに夢を見せたのかを話せないのとおんなじだ。

「君は前に見た時と色が違ってきてるよ」

ボクは言った。こんなに黒くなっているなんて。

「そうか、気づいてたんだね。どうするんだい？　真実に近づこうとしてるけど、いいの？」

彼が問いかける。でもボクは答えない。そしてキミとエフェメラが走って行った方をじっと見つめるだけだ。


そしてキミとエフェメラは塔の前へとたどりつく。

「夢で見た部屋が、どこにあるかまではわからないんだよね？」

エフェメラがキミに問いかけた。キミは問いかけに頷く。

「この塔は何度か調べに来たけど、まだ入れたことはないんだ」

簡単に時計塔には入れないようになっている。キミは時計塔を見上げてほんのちょっとがっかりする。でもエフェメラは言った。

「少し、手分けして侵入(しんにゅう)できそうな場所を探してみるかい？」

キミはそれに頷く。

「じゃあボクは橋の方を探してみるよ。キミは他に入れそうな場所がないか探してみて」

エフェメラはすぐに行動に移る。とりあえずキミは時計塔の正面にある扉の前に立ってみる。でも扉は開かない。キミは考える。

入れそうな場所。この街は海に面していて、たくさんの水路がある。そして水路は時計塔へも繋がっている。もしかすると、水路を経由すれば時計塔に入れるかもしれない。

そういえば、噴水広場から水路の方に下る階段があったことをキミは思い出す。

あちこちにいるハートレスを倒しながら、まずキミは噴水広場へと向かう。噴水広場から臨海公園に向かう階段の途中に小さな通路があるはずだ。

その細い階段をキミは下りていく。

キミはそこに水の涸れた水路を見つける。さらにその水路の奥には地下へと繋がるマンホールがあった。

キミはまるでマンホールを守るように浮かんでいるハートレスを倒すと、マンホールのハシゴを下りていく。

その先は暗くて湿った空気が体にまとわりついてくる地下水路だった。先へ進んで行くと、頭上から滝のように水が流れてきて、いくつもの歯車がまわっているのが見える。キミの後を追ってくるようにエフェメラもやってきた。

「キミもやっぱりここに目をつけたか」

エフェメラはそう言うと周囲をみまわす。

「正面以外だと、ここしか外から繋がってる場所はないみたいだね。でも、ハートレスも出るみたいだから気をつけて」

キミたちふたりは地下水路を走って行く。そこは地上よりもさらに、ハートレスでいっぱいだった。とにかくキミたちは奥へ奥へと進んでいく。

そのキミたちの前に立ちはだかったのは、さっきエフェメラが戦っていたインビジブルだった。宙に浮かびキミを見下ろしている。そして、その向こうに扉が見える。

キーブレードを構えるキミ。エフェメラは倒すことができたけど、きっとものすごく強い。でも今キミはひとりじゃない。

キミはキーブレードを手にインビジブルに向かって駆け込んでいく。そしてキーブレードを振り下ろした。でもインビジブルが持つ剣に撥ね返されてしまう。その隣でエフェメラも倒れている。キミは立ち上がり、再びキーブレードを構えるとインビジブルに駆け込む。上からがダメなら下からだ。キミはキーブレードを振り上げ、インビジブルの足元を狙う。だがインビジブルの剣がキミを狙う。そのとき、エフェメラが駆け込み、跳ね上がるとインビジブルにキーブレードを連続して叩きつける。そして、キミもまたインビジブルに下から振り上げたキーブレードをあてる。

ふたりのキーブレードがインビジブルにダメージを与える。やがて、インビジブルは黒い靄になり、消滅した。

肩で息をしながらエフェメラがキミを振り返り、笑顔を見せる。

「これで借りは返せたかな？」

エフェメラがそう言った瞬間、扉の開く音がした。キミは慌てて扉へと駆け寄る。だが、それをエフェメラが制止した。

「ちょっと待って」

キミはエフェメラを振り返る。

「今日はやめとこう」

せっかく見つけた扉なのにとキミは驚く。

「時間が掛かりすぎた」

エフェメラは言う。

「このまま侵入して、部屋を探すのにも時間が掛かりそうだ。ユニオンのミッションから長く離れてると、さすがに怪しまれる。これで塔への侵入経路は確保できたし、また次の機会に待ち合わせて調べないか？」

確かにこの通路にたどり着くまでに時間が掛かってしまった。エフェメラの言うとおり、今日は一度帰った方がよさそうだ。

キミは頷く。

「よし、じゃあ、俺たちは今日からユニオンを越えた友だちだ」

エフェメラが笑って右手を差し出す。キミもすぐに手を差し出し、ふたりは握手を交わす。

「じゃあ、明日の正午、広場で待ち合わせしよう！」

エフェメラの言葉にキミは笑顔になる。

そしてふたりは一緒に地上への道を引き返して行く。


夜、いつもの部屋。ベッドの上で、キミはエフェメラのことを考えている。窓際にはボクがいる。夜は大体ボクが一緒にいることが多い。

「どうしたんだい？　ニコニコしちゃって、何かいいことでもあったの？」

そう言われてキミはエフェメラのことをボクに話す。話を聞いているボクもなぜかうれしくなる。

「そうか、友だち、ができたんだね。ボクにはいないから、それがそんなにいいものなのかわからないけど」

ボクがそう言うと、キミはちょっと困った顔をする。

キミはボクに向かって自分を指さす。

「え？　キミ？」

ボクの言葉にキミは頷く。ボクはなんだかちょっと恥ずかしくなる。

「そうか、友だちか……エヘヘ」

そんなボクにキミも笑顔を浮かべる。

ボクは使い魔とキーブレード使いが友だちになれるなんて思わなかったけれど。でもキミがそう言うなら、キミとボクは友だちなのかもしれない。


――その頃、地下水路にひとりエフェメラは立っていた。

「ごめんな……」

そうエフェメラは呟くと、今日できた友だちと一緒には進まなかった扉の先、塔の中へと進んでいく。


そして翌日。キミはひとりエフェメラを待っていた。噴水広場をウロウロしながらキミはエフェメラを待つ。でも彼は来ない。いくら待っても、来なかった。

「どうしたの？　昨日も今日もミッションに行かずに……」

声をかけたのはボク。でもキミは返事をする元気もない。

「もう今日は帰ろうよ」

ボクの言葉にキミはうつむく。でもエフェメラを待たないと、とでも言っているように。

「……きっと何か事情ができたんだよ」

キミは顔をあげて、ボクを見つめる。

そういえば、前に一緒にハートレスを倒そうといったキーブレード使いとも約束したはずなのに、会えなかった。あれから一度も会っていない。

「友だちが約束を守れない時は、よっぽど大変なことがあったんだよ。心配かもしれないけど信じてあげようよ」

キミは立ち上がる。でも、やっぱりエフェメラを待ちたいみたいで、とても動きがゆっくりしている。エフェメラのことを信じているんだね、でも、もしかしたら、あのときみたいに来なかったら。

「キミが悲しめばボクも悲しいよ。だってボクも友だちでしょ？」

ボクはゆっくりとキミに近づく。キミより小さなボクが手を伸ばし、キミの手を握りしめる。

キミは、そんなボクをかかえ上げ、そして抱きしめた。

デイブレイクタウンを見下ろす丘の上にマスター・オブ・マスターは立っていた。その後ろにはユニコーンのマスクをつけた青年が立っている。彼がイラだ。背は高く、白いローブの裾は夜明けみたいな青をしている。そしてフードの上にはユニコーンの青いたてがみが立っている。

「予知書にはもう目を通した？」

マスター・オブ・マスターはイラに問いかける。

「はい、しかし考察などはまだ」

静かにイラは答えた。するとマスター・オブ・マスターは少し笑う。

「イラっちは生真面目だねー」

そのままマスター・オブ・マスターはデイブレイクタウンを見下ろしている。その背にイラは問いかける。

「いえ、そんな事は……それよりあの最後の一節は本当なのでしょうか？」

「そうそうあれね、ヤバいよね」

「はい……」

イラの口調とは対照的に、マスター・オブ・マスターのそれはどこか明るい。

「それでさ、もし俺が突然消える事になったら、イラっちからみんなに心配しないように伝えといてね」

マスター・オブ・マスターの言葉にイラが顔をあげる。

「え？　消える？　とは……？」

「ぷらっと？　ふわっと？　ぱぱっと？　まぁ、もしもの話だからそう決まったわけじゃないし、そんなに気にしないで」

デイブレイクタウンに沈んでいく太陽を見つめながらマスター・オブ・マスターは続けた。

「……はい」

イラは動揺しながらも、頷く。

「世界は光に満ちている。いくつもの世界が無限に繋がり、隔たりもない。しかし世界を満たす光は一つ。その大いなる光が、各々の世界に光を与えている。世界の運命は、すべて共通だ」

マスター・オブ・マスターは珍しく静かな口調でイラに語りかける。

「……キングダムハーツ、ですね」

それにイラは答える。

「そう、世界はキングダムハーツ次第。世界中の人々はその光を永遠と信じて疑っていない。でも、もしキングダムハーツが失われれば、世界は闇に覆(おお)われる」

マスター・オブ・マスターの不穏(ふおん)な言葉に、イラが応える。

「その為に我々がマスターから授かったキーブレードを使い、光の守護者としての意思を世界に広げ、キングダムハーツを闇から守り……」

「いや、キングダムハーツを守る為じゃないよ」

そこでマスター・オブ・マスターが遮った。

「え？」

イラが訊き返す。

「予知書の最後の一節〝彼の地の大戦によって、光は敗北し消滅する、世界は永遠の闇に覆われる事となる〟」

マスター・オブ・マスターはまた静かな口調で予知書の一節を口にする。

「それこそ我々キーブレード使いが回避させるのではないのですか？」

イラがまた訊き返す。だが、マスター・オブ・マスターは茶化すように伸びをした後、あっさりと言い放った。

「いや、無理だろ」

「ええっ？」

簡単に否定されてイラは驚きを隠せない。

「未来を変えるとか傲りじゃない？」

マスター・オブ・マスターはそんなのわかってるでしょ？　とでも言わんばかりに続けた。

イラは少し焦りながら問いかけを重ねる。

「それなら、我々はどうすれば？」

「問題は闇に覆われた先、予知書の後の世界。それまでの世界は考える必要はないのよ」

彼はどこかやさしい口調で言った。しかしさらにイラはマスター・オブ・マスターに詰め寄る。

「でも、それではこの、今の世界を生きる人々を、いや、その待ち受ける未来に繋がるすべての人を見捨ててしまう事になるのでは」

するとマスター・オブ・マスターは呆れたように笑った。

「逆にたった7人じゃ世界中の人々なんて救えないだろ」

イラが俯く。その様子をマスター・オブ・マスターは見つめる。

「……ならば意思だけではなく同志を！　キーブレード使いを増やして……」

必死に答えを捜すイラに、マスター・オブ・マスターは訊き返す。

「うーん……やれるかなぁ？」

「はい」

イラが真摯に答えると、マスター・オブ・マスターはまるでその答えを予測していたかのように即座に言った。

「じゃそれで、よろぴく」

ふたりの前でデイブレイクタウンは夜の闇に包まれていく。

第4章

これはボクが生まれたばかりの頃の話。

まだひとりだけだったボクは、マスターの持つフラスコの中で眠っていた。とにかく眠くて眠くてたまらなかったから。

そのボクのいるフラスコをみんなが覗き込んでいた。

「あ〜でも、一つ注意ね」

マスターは言った。

「もし誰か、悪意、いや、心を闇に染めてしまうと、その者に付き従うスピリットは黒く染まり、ナイトメアになってしまう」

その言葉にユニコーンのマスクを被ったイラが顔をあげる。

「それはつまり、ナイトメアが現れたら――」

「誰かが闇に堕ちた証……」

イラの不安げな呟きのあとに、蛇のマスクのインヴィも続いた。マスターはいつもよりちょっとだけ真面目な口調でみんなに答える。

「そうだな、その時は早めに誰の使い魔か突き止めないと、ナイトメアはさらに他者にも悪夢を植えつけ、自らの仲間を増やそうとしていくから、気をつけて」

「では、万が一ナイトメアを発見した場合、早急に始末せねばな」

マスターの言葉にアセッドがはっきりと言い切る。

「ダメ！　そんなの可哀想(かわいそう)！」

アヴァがフラスコの中で眠るボクをかばう。ボクはナイトメアじゃないけれど。

「アセッドが一番危険だろ、顔的に」

変な雰囲気(ふんいき)になりかけたのを、グウラがなにげなく混ぜっ返す。

「どういう意味だ？」

不機嫌そうにアセッドがグウラに言い返す。

「そういう意味！　顔的に」

アヴァが笑いながら言った。

「失敬な！」

怒り出すアセッド。でもそれに追い打ちをかけるようにマスターが言う。

「そうだよアセッド君はどう見ても、いい者顔だよ」

後半は確実に笑いながら。

「完全に笑ってるじゃないですか」

マスターの頼りない助け船に、アセッドの怒りも解けたようだ。同時に少し緊張していた空気がほどけて、みんなが笑い出す。こんな風にみんなが笑ったのを見たのはこのときが最初で最後だったかもしれない。

そしてキミがエフェメラに出会う数日前。


時計台の一室に予知者たちが集まっていた。全員を集めたのはリーダーのイラだ。

「この中に裏切り者がいる」

全員が集まったところで、イラは口を開く。その言葉に驚いた者がいたのかはわからない。全員の本当の表情はマスクのせいで隠されている。

「その確信、何か根拠があるの？」

一番初めに口を開いたのはインヴィだった。するとイラはその手のひらの上に黒いチリシィの幻影を浮かび上がらせる。

「これがコソコソと嗅ぎ回っていた」

「黒い、チリシィ？」

アヴァが首を傾げ、インヴィが一瞬驚いたように体を強ばらせる。

「まさかナイトメア？」

インヴィの発した単語に他の予知者たちがイラを見つめる。

「……俺じゃない」

沈黙を破ったのはアセッドだった。チリシィが生まれたときの冗談を覚えていたんだろう。

「この中の誰かの使い魔なら、ここで全員のチリシィを呼び出せばわかるだろ」

グウラが静かに告げる。だがインヴィがそれを冷静に否定する。

「我らは各々、ユニオンの多くの同志を従えているわ。言うなれば、その数のチリシィを従えているも同然。まだナイトメアになっていないチリシィを呼び出すのも容易な事よ」

インヴィの言う通り、チリシィはキーブレード使いの数だけいる。インヴィの冷静な指摘に全員が黙ってしまう。

「だったら逆に、この中の誰かが裏切り者って、決まったわけじゃないよね？　ユニオン内のキーブレード使いの誰かかも？」

お互いを疑うような空気に耐えられなくなったのか、アヴァが口を開いた。しかしイラは首を振る。

「突如キーブレード使いたちに与えられた見覚えのない〝罪〟を回収する道具。彼らが何を入手し何を使おうが、我らは関与しない事になっているが、あれを広めた使い魔は、ナイトメアだと思われる」

イラが言ったのはストレングスバングルのことだ。

「どうして？　あのバングルが皆に広まった時、〝罪〟の回収は悪い事ではないって、ここでそういう結論になったよね？」

アヴァが必死に反論する。だが、イラはアヴァの言葉をもう一度否定した。

「回収だけならばな。しかし〝罪〟を力に変えていれば、闇の力を利用しているようなもの」

「うまく利用されたな。使い魔チリシィの見た目は皆同じ、キーブレード使いの数だけ存在する。ユニオンの区別もつかない」

グウラが考え込みながら言った。

「あのバングル、もうみんなつけちゃってるよね……」

アヴァは今にも泣き出しそうだ。もしかするとマスクの下では涙を浮かべているのかもしれない。

そんな中、アセッドがゆっくりとイラに歩み寄る。

「それでどうする？　犯人捜しでもするというのか」

まるでイラを問い詰めるように言ったアセッドだったが、イラは冷静なままだ。

「一介（いっかい）のキーブレード使いが用意できる道具ではない。やはりこの中の誰かと考えるべきだ」

イラの言葉は、まるで初めから裏切り者がいると決めつけているかのようだった。

しかしそれをインヴィが止める。

「待って、答えを急ぐのは危険だわ。あれが闇の力を利用するものだという確証もないし、まして やナイトメアの仕業とも、この中の誰かとも決まったわけじゃない」

皆をたしなめるように言ったインヴィだったが、アセッドはさらに言う。

「イラ、おまえはリーダーとして、疑心という闇の種を皆に植えつけただけではないか？　おまえの告発で裏切り者が手を挙げるとでも？　浅はかだな」

「アセッド、言葉が過ぎるわよ」

インヴィがそれを止める。アヴァはうつむき、グウラは考え込んでいる。そしてイラはただ4人を見つめている。それは裏切り者を見極めようとしているかのようだった。

「マスターの判断は間違っていたのかもしれないな」

アセッドはイラに言い放つと、ここにはいられないとでもいうように皆に背を向け歩きだした。

「待って、まだ話は終わってないわ」

インヴィが止めるが、アセッドは振り返ることなく部屋を出て行ってしまう。

「どうやらお開きみたいだ。また何かわかったら教えてよ」

アセッドとは異なり、いつも通りの明るい口調でグウラもそう告げると歩き始める。

「あんまり、こういう話は好きじゃないな……」

そのふたりを不安げに顔をあげて見送ったアヴァもまた、イラに頭を下げてから部屋を出て行く。

部屋に残されたのはイラとインヴィだけだ。

「そう簡単ではないか……」

ため息交じりに言ったイラに、インヴィが問いかける。

「らしくないわねイラ、何を焦っているの？」

それにほんのわずかにイラは顔をあげる。

「ロストページ――」

その言葉に今度はインヴィが顔をあげた。さらにイラは続ける。

「予知書から欠落した一片があるようだ。我々が持つ予知書にはこの先起こるすべての出来事が記されているはず。だが今回の一件、予知書のどこにも記されていなかった」

「それと裏切りの話、どう繋がるの？」

インヴィが問いかけると、イラは自分の予知書を手に取りページを開く。

「私の予知書には記されていなかった、という事だ」

「つまり欠落のない完全な予知書を誰かが持っていて、それを持っている者が裏切り者だと？」

一つの可能性を導き出したインヴィにイラは頷く。

ロストページ、そして裏切り者。

だが今はまだ誰も――誰が裏切り者なのかなんて知らない。

「不審な動きがあって、それを隠すかのようにページが欠落していた。その事を利用してロストページを持っている者が何か企んでいるのではないか、闇に堕ちた裏切り者がいると考えても不思議ではあるまい」

インヴィも自分の予知書を開く。

「私の予知書にも今回の一件は記されていない。たしかに筋は通っている……けど」

そこでインヴィは迷うように一度口をつぐむ。そしてイラを見つめる。

「もしかして、最初からマスターのお考えだったという可能性は――？　あえてそのページの写しを一人にしか与えなかった……」

インヴィの言葉をイラが遮る。

「それを確かめる術はない」

その言葉は少し悲しそうだった。

「もうマスターはいないんだ……」

そう、マスターはいない。ふわっとぱぱっと消えてしまった。

どこにいるかもわからない。もしかしたら本当に消えてしまったのかもしれない。

ふたりの間に重い空気が流れる。それを断ち切るようにインヴィは口を開く。

「あなたの考えはわかった。私も裏切りの兆候を見逃さないように、皆の動向により注意しておくわ」

「頼む」

「ええ、マスターに与えられた私の使命だから」

そういつもの口調に戻りインヴィは歩き始めたが、足を止める。そしてイラを振り返ると言った。

「あなたも、鍵が導く心のままに」

それからさらに数日後――キミがエフェメラと出会った日。

デイブレイクタウンの倉庫にアセッドとアヴァ、そしてグウラが集まっていた。年長者であるアセッドがふたりに語りかける。

「イラには失望した。ヤツならマスターの代わりを務めてくれると期待していたのに」

グウラはいつもどおり、そしてアヴァは心なしか元気がない。

「それでおまえたちはどう見る、イラの話信じられるか？」

アセッドの問いかけに先に口を開いたのはグウラだった。

「唐突、それに説得力がない。インヴィが言っていたとおりさ。提示されたのは状況証拠だけで推論に過ぎない。それを俺たちの中の誰かに結びつけるってのは論理が飛躍してるよ」

「何か他に事情があるんじゃないかな？」

グウラをやんわりとたしなめる――というよりはイラの言ったことを信じたくなさそうにアヴァが言う。

「事情がどうあれ、仲間に疑いの目を向けるなど許されるものか！」

アセッドは心底不愉快そうに言うが、グウラは肩をすくめる。

「仲間ってのはちょっと……」

小さな声で言うと、続ける。

「それで、俺たちをここへ呼んだのは愚痴を聞かせる為だけじゃないんだろ？」

グウラはさっさと本題を話してこの会合を終わらせたいのかもしれなかった。するとアセッドははっきりと今日の目的を告げる。

「俺のユニオンと同盟を結んでくれ」

「それは禁止されてるでしょ」

アセッドの依頼を即座にアヴァが否定する。

「そんな話じゃないかと思ってたよ。それでどうするの、イラを問い詰めてみる？」

少しあきれたように、でもわかっていたことのようにグウラは問いかける。

「堅実なイラのことだ。そう簡単にはいかないいな」

いつもははっきりと物事を言うはずのアセッドが、ほんの少し言葉を濁した。アセッドも本当はイラのことを疑っているわけじゃないのかもしれない、と他のふたりは思う。アセッドは続ける。

「闇の動きがある事はたしかだろう。俺もそれは感じている。だが、俺たちの中に裏切り者がいるとは思えない。だからと言って、イラのように考えてばかりで行動力がない奴では、手遅れになるかもしれない。俺たちが今しなければならないのは、皆で結束して闇の脅威に備える事だ」

「ふーん、案外正論」

一気に言ったアセッドをグウラがそう評した。アヴァはうつむいたまま小さな声を発する。

「闇の脅威に備えるのには賛成だけど、ユニオンの同盟はマスターに禁止されていた事だし」

アヴァは先日の話し合いから、どうすればいいのか迷い続けているようだった。

「マスターはもういないんだ……」

アセッドが視線をさまよわせながら呟く。３人がそれぞれの思いをめぐらせる。少しの沈黙の後、まずグウラが口を開く。

「いいよ。ただ、今のところ俺とアセッドふたりの間だけだ。ユニオンのメンバーたちにはまだ伝えない」

「グウラ……」

アヴァが顔をあげ、マスターの教えに反することを選択したグウラを見つめる。そのアヴァをアセッドが見る。視線に気づいたアヴァは目をそらす。そして言った。

「私は……マスターの教えを守りたい」

「そうか、無理強いするつもりはない。本来はそれが正しい選択だ」

アヴァの主張に、アセッドは意外にもやさしい言葉を投げかける。

「うん」

ほっとしながらアヴァはうなずき、また視線を下にさまよわせる。

その前でグウラはアセッドに問いかける。

「ところでこの話、イラとインヴィには？」

「イラはこのあいだの事もあってちょっとな……インヴィには声をかけたんだが――」

そう言ったアセッドが、倉庫の入り口へと目をやる。ちょうどインヴィが入ってくるところだった。

「話があるそうね？」

倉庫へと入ってきたインヴィがグウラとアヴァに気づき立ち止まる。

「グウラ、アヴァ、あなたたちまで……いったいどういう事？」

グウラはインヴィに軽く手をあげ、アヴァはうつむいたままだ。

「聞いてくれインヴィ、俺はユニオンの統合を考えている。グウラとは同盟を結んだ。インヴィ、おまえも賛同――」

「マスターの教えに叛(そむ)くというの？」

アセッドの懇願(こんがん)をインヴィがきびしく遮(さえぎ)る。それでもアセッドは言う。

「今は非常事態だ。皆で力を合わせて闇の脅威に備えなければならない」

「私たちはマスターから別々の使命を与えられて、それぞれのユニオンが独立行動するよう命じられている。力の不均衡は征服欲を呼び、闇に通じるというマスターの教え、あなたたちも学んだはずよ。アセッド、あなたの心に闇の兆しがあるんじゃない？」

心に闇――

その言葉にアセッドが怒りを露わにする。

「俺の心に闇だと……だったら、おまえはどうだ！　俺たちの事を監視してイラに報告してるんだろ。そんなスパイのような事をして後ろめたくないのか？」

「それは私の使命だから」

激高したアセッドに対し、冷静にインヴィは答えるが――

「監視は確かにおまえの使命だ。だがイラへの報告は必要ないはずだ！」

激しくアセッドに非難され、インヴィは視線を泳がせる。追い打ちをかけるようにアセッドは続ける。

「おまえのほうこそイラと結託して何か企んでるんじゃないのか⁉」

「戯言を」

ふたりの言い合いをアヴァは不安げに見つめる。

そして、その夕暮れ。

アヴァはひとり噴水広場にいた。噴水の縁に腰掛けてぼんやりと空を仰ぐ。

「このままだとみんな敵同士になっちゃう……」

ぼそりとアヴァは呟く。

そこにひとりのキーブレード使いが歩いてくる。銀色の髪をしたその少年はエフェメラだ。

「マスター・アヴァ」

そしてアヴァに声をかけた。ふたりはすでに会ったことがある。

「あ、君はエフェメラ君だったよね？」

「そうです！　隣いいですか？」

「うん」

アヴァが答えると、エフェメラはその隣に腰掛ける。

「どうしたんですか？　浮かない顔をして」

すぐに問いかけた。

「うん、ちょっとね……あのさ、君は前に言ってたよね？　どうしてユニオン同士は協力しないで競い合ってるんだって。本当は私もそう思うんだよね」

「え？　でも以前は、そういう教えだからって」

不思議そうにエフェメラは言う。

「うん、それは守らなきゃいけないの。そういう教えだから守らなきゃいけない。けど、本当はそれじゃダメなんだよね……君はこの世界の仕組みに疑問を持って、自らその謎を調べたいって言ってたよね。そういうものだからって言われて何も疑問を持たずにいるのはよくないんだよね」

それがアヴァの本心なのか？　それを測りかねてエフェメラは肩をすくめる。

「あら？　今日は何だか弱気ですね。予知者様でも悩んだりする事あるんだ。じゃ、予知書の秘密、教えてくれるんですか？」

明るい声で言ったエフェメラに、ほんの少しアヴァも元気を取り戻したようだ。

「それはダメ」

あっさりとそう答えて口元に笑みを浮かべる。

「えええ〜」

大げさに抗議の声を上げたエフェメラに、笑ったままのアヴァは、まるで先生のように問いかけた。

「私が一番話しやすい予知者だからって、からかってる？」

「いえいえ、そんな」

「まぁいいけど」

会話を切り上げかけたアヴァは、立ち上がりながら思い直したように言った。

「でも、君みたいにユニオンに縛られない仲間って考え方は間違ってないよ」

するとエフェメラはほんのちょっと勢いをつけてジャンプし、縁から飛び降りる。

「今日俺、他のユニオンの友だちができたんです。何か無口で変な奴なんですけどね。明日また会う約束してて」

「友だちと約束か……じゃあ早く帰って休まないと」

「はい！」

エフェメラは勢いよく返事をすると、そわそわした素振りで、

「じゃあ、お先に失礼します。よくわかんないけど元気出してくださいね」

そう言うとぺこりと頭を下げ、駆けだしていく。

「ありがとう」

その背に向かって小さな声でアヴァは呟き、しばらく見送る。

「もしもの事があったら、君みたいにユニオンに縛られない子たちに託そう」

そう決めて、アヴァは空を見上げる。彼女の前をどこから飛んできたのか、タンポポの綿毛がひとつ――空に舞い上がる。

「風に乗って遠くまで飛んでいって――ダンデライオン」

デイブレイクタウンに日が沈む。

アセッドはひとりマスターを待っていた。歯車の回る音だけが部屋に響く。ここはマスターの部屋だ。

「いやぁ悪い悪い、待った？」

「いえ」

のんびりとした口調でアセッドに声をかけながら、マスターが部屋に戻ってくる。アセッドの態を象ったマスク越しにも心なしか緊張しているのが分かる。

「それで何だっけ？」

マスターは椅子に腰掛けると、アセッドを見上げた。

「え？　いや、お忘れですか？　マスターに呼ばれたのですが……」

尋ねられたことにアセッドは慌てたように答える。

「ウソウソ、憶えてるって。いやだな～、全然忘れてないし、おまえの事試しただけだし」

「は、はい……」

茶化すように言ったマスターとは対照的に、アセッドは戸惑っている。

「……でと、アセどんに使命を伝えたいんだけどさ、イラっちのサポートをする事ね」

「え？　イラのサポートというのはどういう意味ですか？」

　さらりとなんでもないことのようにマスターは言うが、アセッドの戸惑いは増すばかりだ。そもそもイラのサポート、という使命が気に入らないようにも見える。

「イラっちには俺がいなくなった時のリーダー役を頼んだからさ、そのサポートって事」

　それだけ言うとマスターはもう言うことはない、と言わんばかりに机に向かい、予知書を開いた。

「ほいじゃ、よろしう」

「待ってください。マスター、イラがリーダーってどういう事ですか？」

　アセッドは自分の使命に納得がいかないのか、食い下がる。するとマスターはアセッドを振り返る。

「え？　イラっちがリーダーじゃ不満？　アセどん、リーダーやりたいの？」

　マスターの問いかけにアセッドが姿勢を正し、少し慌てたように答える。

「それは、私に任せていただければ、リーダーとしての使命は全うしますが……」

「超やりたそうじゃん」

　ちょっとからかうようにマスターは言った。

「いえ、そんな……」

「そういうやる気が前面に出ちゃってるタイプってさ、無能な指導者だと『お！　君はやる気があっていいね～』なんつって、リーダーに据えちゃった後、下が苦労しちゃうのよ。アセどんみたいなタイプは、リーダーのサポート役で一番光るんだよね」

マスターはよどみなく言った。

「はぁ……確かにイラっちは、その私たちの中では一番優秀です。最もリーダーにふさわしいでしょう」

「じゃいいじゃん」

マスターはもう話が終わったとばかりに背を向けようとするが、アセッドは必死に続ける。

「私たちの中では、という事です。マスターの代わりというのはどういう事ですか。もう私たちを導いてくれないのですか？」

その問いかけにマスターは一瞬だけ考え込むと、ゆっくりと口を開く。

「俺、消えるかもしれないからさ」

その言葉にアセッドは息を飲む。

「俺、消えるかも……」

「消えるって、どういう事ですか!?」

もう一度大仰かつ、弱々しく言おうとしたマスターに、アセッドは言葉を重ねるように詰問した。

「なんだ聞こえてんのかよ。何度も言わせんなはずかしい――……まあさ、俺が消えるとかはとりあえず置いといてよ、まだ決まったわけじゃないから」

　照れ隠しのようにマスターは早口に言うが、アセッドは納得しなかった。

「しかし……」

「ともかくさ、イラっちを守ってあげてね」

　そんなアセッドを宥めるように、マスターはさらに続ける。

「イラっち真面目すぎるだろ？　頭の中だけで色々考えちゃって動きが鈍くなる事もあるだろうからさ、アセどんの自信に満ちた助言で背中を押してあげてよ」

「は、はい……」

　戸惑いながらもアセッドは承諾する。するとマスターはゆっくりと立ち上がり、アセッドの肩に手を置いた。

「ちょっとキツい事も言っちゃったけど、アセどんが一番鍵を握ってるからさ……ごめんね」

　その口調は少しやさしかった。アセッドはさらに戸惑う。

「そりゃそうだよ、あくまでイラっちのリーダーは俺が机上で決めただけで、実際君らだけになった時、イラっちイマイチだよなぁってなったら、アセどんがリーダーやらないと。そのためにイラっちとは違うタイプのアセどんをサブにしたんだから。それが、本当の意味での使命」

　マスターはアセッドの耳元に囁く。そして最後に大切なことをもうひとつ告げる。

「鍵が導く心のままに。そういう事な、アセどん」

第5章

キミはまた夢を見る。

ここは噴水広場。キミはひとり、来るはずのない彼を待っている。

「ごめん、ごめん」

そこに走ってきたのは銀色の髪をした彼――エフェメラだ。来るはずがないと思っていたのに。

「本当にごめんって。どうしても来られない用事ができちゃってさ……」

エフェメラは両手をあわせて頭を下げると、にっこりと笑う。

「じゃあさ、今から一緒に行かない？」

そう誘ったエフェメラに、キミも笑顔で頷く。もちろん向かうのは、あの日行けなかった時計塔の地下水路だ。

キミたちは特別な会話もなく、ハートレスを倒しながら進んでいく。あまり会話をしなくても、自分たちが繋（つな）がっていることがわかっているみたいだった。

噴水広場の階段を上る途中の民家から、地下水路に向かう階段へと降りていく。マンホールからハシゴを下って地下水路。相変わらずひんやりとした湿（しめ）った空気が満ちている。そこをキミたちは進んでいく。そして大きな歯車の前、この先が時計塔のはずだった。

「この先だ、覚悟はできてる？」

キミは大きな歯車を見上げる。

この先に秘密がある。

「……やっぱり君にはまだ早かったかな」

エフェメラがキミの背中を見つめて言った。キミはエフェメラを振り返る。

「待ってるよ」

そう言葉を残してエフェメラが消えていく。驚くキミの前に残ったのは、タンポポの綿毛がひとつ。光を浴びてきらめき、ふわりと風に乗って飛んでいく。

エフェメラはいったいどこでキミを待っているんだろう？


「また何か夢を見たの？」

目覚めたキミにボクが声をかける。

夢だったことに気づいたキミがベッドの上で俯く。

「友だちの夢を見たんだね」

キミは頷くと、ボクに夢の話をする。それから、もうひとつ決意を告げる。

「え？　塔に友だちを捜しにいく？　ダメだよぉ……」

でもキミはベッドから起き上がり、部屋を出ようとする。

「う〜ん……あそこは予知者様たちだけの領域だし、今はタイミングが悪いよ……」

ボクのタイミングが悪い、という言葉にキミは立ち止まる。

「くわしくは教えられないいんだけど、実は最近、各ユニオンのマスターである予知者様たちの間で、トラブルが起きてて……余計に今は近寄らない方がいいんだよぉ……」

予知者様たちのトラブル——ボクがそう言うと、キミは考え込む。

もしかしたらエフェメラがいなくなったのは、それと関係があるのかもしれない。

そう思ったのだろうか、キミは部屋から飛び出す。


キミが向かったのは時計塔の前だ。隣にはボクも立っている。ボクはひどく不安だった。

「だから、ダメだって……」

ボクはそう言うけれど、キミはあたりを注意深くうかがっている。

どうやらあの時エフェメラと調べたように、正面から入る方法はなさそうだ。

「もう全然聞いてないし」

キミは駆け出す。

「ちょっと！　どこに行くの！」

ボクは追いかける。キミが向かったのは夢で見た場所——最後にエフェメラと別れたあの場所、地下水路だ。

ハートレスたちを倒しながらキミは地下水路に向かう。その途中、ひとりのキーブレード使いに出会った。

短い髪を立てて、ちょっと視線が鋭いキーブレード使いだ。

彼はキーブレードを手に、キミと同じようにデイブレイクタウンのハートレスたちを倒しているところだった。そう、ルクスをたくさん集めるため。

「慌ててどうしたの？」

心配そうに訊いてくる彼に、キミはエフェメラについて問いかける。

「エフェメラ？　知らないなぁ……でも、見当たらなくなる奴なんてめずらしくない」

そうだ、キミはもう知っている。いつか約束をしたキーブレード使いもいなくなってしまったことを。

「そいつのことは知らないけど、最近、何か広場に集まってる人たちを見かけるよ。何してるのかわからないけどね」

キミが聞いたことのない情報だった。知らないところで何かが起きている。さっきボクが教えてあげた、予知者様たちのトラブルと何か関係があるのかもしれない。

キミはキーブレード使いと別れ、地下水路に繋がる噴水広場に戻ろうと進んでいく。するとキミはまた別のキーブレード使いと出会った。広場に続く臨海公園からの道すがらだ。ピンクの髪の毛をした女の子。やさしい顔をしている。キミはさっき仕入れたばっかりの情報について、彼女にも尋ねてみる。

「噴水広場に集まっている人たちを知っているかって？　それは知らないけど、ある予知者様がユニオンに関係なく、優秀なキーブレード使いを集めてるって噂を聞いたわ」

これも初めて聞く。彼女は続ける。

「確か、キツネの仮面の予知者様だったから、アヴァ様じゃないかな？　最近広場でよく見かけるけど……え？　銀髪の子？」

キミはエフェメラについても訊いてみる。

「アヴァ様と話してるのを見かけたかも」

アヴァ——それは話したことのない予知者様の名前だった。キミは彼女にお礼を言ってさらに進んでいく。

不安を抱えているのだろうか？　キミは必死にハートレスの群れを倒しながら、ふたたび地下水路へと向かったんだ。

そこでキミを待っていたのは——

「マスター・アヴァ様……」

キミの隣に姿を見せたボクが言った。目の前にいる女性は、さっきのキーブレード使いが噂（うわさ）していたキツネのマスクの予知者様。

キミがインヴィ様以外では初めて会う予知者様だった。噂をたどってここまで来たとキミが告げると、

「どうして、私を追ってきたの？」

アヴァ様はそう尋（たず）ねてきた。その疑問にキミは素直に答える――――エフェメラを捜していることを。

「エフェメラ？　知ってるけど、どうして私に？」

アヴァ様は不思議そうにキミに問いかける。キミはさっきキーブレード使いたちに聞いたことを交えながら、アヴァ様に詳しく説明する。

「そんな噂で私を捜していたの？」

ほんの少しあきれたようにアヴァ様は言った。でもさらにキミは続ける。

今朝見た夢の話を。

「夢？　なるほど……エフェメラが夢で、ここで待っていると。そして、ここは我ら予知者の領域、エフェメラは最近トラブルを抱えている我らに何らかの形で巻き込まれたと。その中でも私が一番怪しいと思ったわけね」

頷いたキミにアヴァ様は微笑みかける。

「いいね、君。少し惜しいな、まだくわしくは教えられないけど」

そう言うとアヴァ様はその手にキーブレードを出現させた。

「えええええ!?」

ボクは思わず声をあげる。アヴァ様のキーブレードはキミに向けられている。

「さぁ、キーブレードを構えなさい」

そう言うなり、アヴァ様は跳躍(ちょうやく)した。キミに向かってキーブレードを振り下ろす。慌ててキーブレードを出現させたキミは、それを受け止めるだけで精一杯だ。

「よく止められたね」

アヴァ様のキツネのマスクの下に見える口元は笑ったままだ。キミは必死にアヴァ様のキーブレードを押し返す。ふわり、とローブをなびかせながら、まるで何事もなかったかのようにアヴァ様が後退する。

「これはどうかな」

アヴァ様がキーブレードを掲げるとそこから光弾が発射され、キミに向かって雨のように降り注ぐ。キミは必死に駆けて攻撃の範囲外に移動する。その場でかわすことなどできそうもない密度だった。キミはもう額に汗をかき、息を切らしている。

「さあ、かかってきなさい」

アヴァ様の挑発(ちょうはつ)に乗せられ、今度はそのふところへと駆け込む。アヴァ様のキーブレードとキミのキーブレードがぶつかる。キミは必死だ。でもアヴァ様は笑みを浮かべたまま、キミのキーブレードを撥(は)ねのけた。キミははじき飛ばされて、床に尻餅(しりもち)をついて倒れる。

「あぶない！」

思わずボクが叫ぶ。

どうしよう――――そう思ったとき、アヴァ様の手からキーブレードが消えた。

「なかなかね。才能は感じるかな」

そう言うとアヴァ様はキミに手を差し伸べる。キミはその手を借りてゆっくりと立ち上がる。

やがてアヴァ様は言った。

「でも、君は心に悲しみを抱えている。悲しみはいずれ闇に繋がるわ。その悲しみ、早く乗り越えて」

悲しみ――――キミが心に抱える悲しみっていったいなんだろう？

それからアヴァ様はボクも見つめる。

「君にはいい子がついているみたいだから、きっと大丈夫。今日はこれで帰りなさい。あと、ここには簡単に近寄ってはダメよ」

アヴァ様の言葉にキミは立ち上がり、頭を下げる。きっと試されたのだということを感じながら。そしてキミに続いてボクも頭を下げた。すぐにキミに寄り添う。

キミとボクは歩き始める。

「そうか、君が無口な友だちか――」

彼らの姿が地下水路からいなくなると、アヴァはひとり呟いた。


その夜――キミは眠っていた。

「今日は大変だったね……まさか予知者様と戦うなんて驚いたよ」

眠るキミに向かってベッドの脇に立ったボクが話しかける。

そのとき、部屋のカーテンが揺れた。

「私も。本当ならああいうやり方はしないんだけどね」

その声にボクは振り返る。いつの間にかアヴァ様が窓際に腰掛けていたことに驚いて、ちょっとだけ跳び上がる。

「マスター・アヴァ様……どうして？」

「マスターはつけなくていいよ」

アヴァ様は窓際から立ち上がると、ボクの横に立つ。そしてキミの寝顔を見つめる。それからまたボクを見下ろした。

「君がエフェメラの夢を見せたの？」

「いえいえ、今回のはボクじゃありません」

ボクは首を振る。アヴァ様はまたキミの寝顔を見つめる。

「そう、じゃあエフェメラが、夢の中から語りかけたのかもね」

「夢の中から？　どういうことですか？」

ボクが不思議に思っていると、アヴァ様は静かに答える。

「エフェメラは真実に近づいている。アンチェインドという解放状態から別の空間にいて、この子に語りかけたんだと思う」

アヴァ様はキミの額にそっと手を置いた。

「エフェメラと夢の中で繋がったのなら、この子も別の空間に近づいているんだと思う。進むかは自(みずか)らの心に従うしかないけどね」

そう言うとアヴァ様は、キミの額から手を離す。まるで何かのおまじないみたいだった。

「悪夢から守ってあげてねチリシィ。風に乗って飛べるように」

アヴァ様はボクに笑いかけると、歩き始める。そしてまるでアヴァ様そのものが夢だったみたいに、姿を消した。

アヴァ様の消えたあとをぽかんと見つめていたボクは、彼女が言ったことの意味がわかったような気がしてキミの寝顔を見つめる。

「……ボクが悪夢から守る？」

今夜のキミは夢を見ていないみたいだ。


――その頃。

時計塔の一室でイラは予知書を読んでいた。そこにやってきたのはインヴィだ。

「インヴィか、何かわかったのか？」

イラは予知書のページをめくりながら、問いかける。

「アセッドとグウラのユニオンが同盟を結んだわ」

インヴィの知らせにイラの予知書のページをめくる手が止まった。

「やはりアセッドが裏切り者だったか」

「いいえ、私はそうは思わない」

決めつけるように言ったイラを、インヴィは否定した。イラが顔をあげインヴィを見つめる。

「どういう事だ？」

「アセッドは闇の脅威に備える為に、ユニオンを統合したいそうよ。その思いを考えると、心は闇に堕ちたとは思えない」

「だが、ユニオンの同盟はマスターの教えに叛く事だ」

インヴィの見解に対し、イラは予知書に手を置いてはっきりと言った。それに対しインヴィもまた少し強い口調で返す。

「ええ、マスターの教えは絶対。だからグウラを同盟から抜けるよう説得しようと思うの」

「では私が」

立ち上がろうとしたイラをインヴィが制する。

「いえ、ここは私が話すわ。あなたが出ていくと、アセッドが過敏に反応しそうだし」

インヴィの冷静な判断を聞き入れたイラは、再び椅子に腰掛けると言った。

「わかった、おまえに任せる」

その言葉に頷きながら、インヴィはさらに告げる。

「それと私も、あなたへの報告を控えようと思う。アセッドが私たちの結託を疑っている。そんな事実はないけど念の為にね」

「そうだな」

イラが同意したのを確認して、インヴィが立ち去っていく。イラは再び机に向かうと、一度閉じた予知書を開く。そしてまた読み始めた。

——その少し後。

デイブレイクタウンの倉庫にアセッドとグウラが入ってくる。自分を先導するように歩いていたアセッドの背にグウラが独り言のように言った。

「もういいかな」

アセッドがグウラを振り返り、問いかける。

「何がいいんだ？」

「ああ、同盟の事、もう解消してもいいかなって」

その宣言にアセッドはまっすぐにグウラを見つめる。

「どういう事だ」

「もとはと言えば、アセッドが闇の脅威に備える為にユニオンを統合しようって話に乗ったんだ。でもここしばらく、裏切り者の動きもないみたいだし、ユニオンの統合も進んでないでしょ？」

グウラが自分より背の高いアセッドを見上げる。アセッドは言葉を探すように視線を泳がせる。その態度に対してなのか、あるいは今の状況にがっかりしているのか、グウラがため息をついた。

「潮時かなって。インヴィにも言われたし……」

「インヴィだと？」

怒りを含んだ声で訊き返されて、グウラは肩をすくめる。

「やっぱ、これ言っちゃいけなかったんだ」

「インヴィが同盟を解消しろと言ってきたのか？」

アセッドはさらに激高する。それでもグウラのどこか肩から力の抜けた態度は変わらない。

「まあ、ね。でも決めたのは俺の意思だし、理由はさっき言ったとおり」

「まだ裏切り者の正体すらつかめてないんだぞ！」

さらにアセッドは説得しようと詰め寄るが、グウラの考えは変わらない。

「だからこそだよ、やっぱり単独のほうが身軽でいいしね」

「フラフラとそんな根無し草のような事を言ってる場合か！」

アセッドが怒りの言葉をぶつけ終える前に、グウラは背を向ける。

「じゃ、そういう事で」

そしてグウラは振り返ることなく倉庫を出て行った。ひとり残されたアセッドは拳を握りしめる。

「インヴィ、余計な事を……」

アセッドは憎々しげにそう呟いた。

新しい世界に向かいキミが降り立ったのは、大きなお屋敷の前だった。ここはキャッスル・オブ・ドリーム。その広い庭でハートレスが何かを追いかけ回していた。よくみると茶色いネズミが逃げ回っている。

「助けよう！」

ボクの声にキミが走り出す。キミはハートレスたちを追いかけ、順番に倒していく。

そして、ようやく倒し終えて息を整えていたキミのもとに、助けたネズミが近づいてくる。

「ありがとう！」

彼はほっとした様子でお礼を言ってきた。

キミはそのお返しに、どういたしましてと身振りで伝えた。

それから屋敷の方へ駆けだそうとしたネズミが、ふと何かに気づいたのか――足を止めた。

「あれ？」

そして振り返る。

「もしかして俺の話してることがわかる？」

キミがうれしそうに頷く。

「へえ、シンデレラ以外にも俺たちと話せる人間がいるなんてな。俺はジャック、よろしくな」

名乗ったジャックに、キミも簡単に自己紹介する。

――シンデレラって誰だろう？

「あー、シンデレラってのは俺たちの味方さ、やさしくていい人なんだ」

ボクが疑問に思っていると、ジャックがちょっとうれしそうに説明した。

「そうだ！　紹介するよ。ついてきて！」

ボクたちは屋敷に招いてくれるというジャックについていった……といっても入ったのは正面の玄関じゃなくて裏口。そこからあんまりきれいじゃない階段を登っていった先にある、屋根裏部屋だった。

そこにドレスを着せたトルソーの前でうっとりとしている女の子がいた。きれいな女の子だったけれど、みすぼらしい服を着ている。

「あら？　ジャック戻ってたのね。お客さん？」

女の子が訊いた。彼女がシンデレラ。

「俺たちは友だちなんだ」

ジャックが胸を張ってそう言った。

「仲良くしてあげてね。私はシンデレラよ。よろしくね」

にっこりとシンデレラは笑う。そしてまたドレスを見つめた。

「お城で舞踏会が開かれるの。年頃の娘はすべて出席するようにとの王様の命令なのよ。ドレスを用意すれば出られるわ」

これを着たシンデレラはもっときれいに違いない。

でも――

「シンデレラー」

女の人の声が３つ重なって、階段の下からシンデレラを呼ぶ。シンデレラがため息をついた。

「はい、聞こえてるわ。いま、行きます」

シンデレラはそう応えると、部屋を出て行く。

「かわいそうなシンデレラ……きっと舞踏会には行けないよ」

ジャックがシンデレラを見送った後、悲しそうに言う。

「トレメイン夫人がドレスを用意しないと、連れていかないと言ってるんだ。それで、わざと用事をいいつけて、ドレスが仕上がらないようにじゃましてるんだよ」

ジャックはドレスのまわりをウロウロと歩き回っていたけど、やがて意を決したのか、こう叫んだ。

「仕方ない！　ボクたちでドレスを仕上げよう！　まずは材料を集めなくっちゃ！」

キミはもちろん、と言わんばかりに笑顔で頷く。

「でも猫のルシファーには気をつけろよ。猫ってのは凶暴だからな！」

まず探さないといけないのは、ネックレスだった。

継母(ままはは)であるトレメイン夫人が隠し持っているらしい。

ボクたちはトレメイン夫人の部屋の中に忍び込む。

でもそこにはハートレスがいた。

「なんでこんな化け物ばっかりなんだ！」

ジャックがそう嘆くと、キミは悲しそうに首を振り、ハートレスに立ち向かっていく。

ハートレスは闇の心に呼ばれるものだ。だから、きっとシンデレラに意地悪をする、トレメイン夫人たちの心に呼ばれたんだ。

あれ……でも……最近デイブレイクタウンにもいっぱいハートレスがいる気がする。

だとしたら、デイブレイクタウンのハートレスたちは何に引きつけられてるんだろう？

ボクがそんなことを考えている間に、キミはすでにハートレスたちを倒し終わり、さらにジャックはネックレスを盗み出していた。

きれいな真珠のネックレスだ。

「とっとと戻ろう！」

ジャックに言われてボクたちは部屋を出る。でも――

「⁉」

目の前にいたのは大きな猫だった。ジャックがネックレスを落としてしまう。

「あ、あいつがルシファーだ！」

ルシファーと呼ばれた猫がキミをにらみ一声鳴く。そして床に落ちたネックレスを咥えて走って行ってしまう。

「ルシファーは恐いけど、相棒といっしょなら平気だ。ネックレスを取り返そう！」

勇気を出して言ったジャックといっしょに、ルシファーを追いかける。その途中の廊下にもハートトレスが現れる。それを次々と倒して、廊下の隅にルシファーを追い詰めた。

ゆっくりとキミがルシファーに近づく。そのとき、ハートトレスがルシファーの周りに出現した。驚いたルシファーが尻尾を膨らませて跳び上がり、ネックレスを落とす。

「やった、ネックレスだ！」

ジャックが駆け寄る。あとはハートトレスを倒すだけ。

「こいつらはおまえにまかせていいんだな？」

キミは目線で答え、ハートトレスたちに向かって行く。

「俺は先に戻って、ドレスを仕上げておくよ。あとは頼んだぜ！」

ジャックはそう言い残すとネックレスを拾い上げ、走り出した。

「どんなかしら、王宮の舞踏会って、どうせみんな気取ってて、すごく――退屈。堅苦しいだけで、それはもう……それはもう素敵でしょうねえ」

シンデレラが呟きながら戻ってくる。その声はもう舞踏会に行くことをあきらめている色合いだった。真っ暗な部屋に入って背中で扉を閉めて、大きなため息をつく。

そのときジャックが部屋の灯りをつけた。

「まあ！」

仕上がったドレスが灯りに照らされる。

「びっくり、どっきり、あなたのドレス！」

ジャックがうやうやしく言った。それにボクたちは笑顔になる。

よかった、間に合って。

「夢を見てるみたいだわ。ありがとう」

「急いで！　舞踏会が始まっちゃう」

肩に飛び乗ったジャックに、シンデレラが笑顔になる。

「本当にありがとう」

これでシンデレラは舞踏会に参加できる。

「よかったねえ」

本当にホッとしたボクの前で、キミはうれしそうなシンデレラとジャックを見つめている。


キミとアヴァ様の出来事があってから数ヶ月が経った。

ルクス集めのミッションを終え、キミはデイブレイクタウンに戻ってくる。そして噴水の縁に腰掛けた。もうすぐ夕暮れが近い。今日もキミはよく働いた。

「おつかれさま」

そこにボクが姿を現し、声をかける。キミはちょっと疲れた様子だ。

「そうだね、最近はルクスの回収がハードだよねぇ……仕方ないよ、今はどこのユニオンも回収が激化してるし」

ボクのねぎらいにキミは肩をすくめる。確かに最近はどのキーブレード使いも競うようにハートレスを倒している。

「どうして争うのかな?」

そこに少女の声が聞こえる。キミとボクは顔をあげ、声のした方を見る。長くてまっすぐな黒髪を持つ少女が歩み寄ってくる。睫毛が長くてきれいな目をしている。彼女もキーブレード使いのようだ。

「どのユニオンも目的は同じ、光を守る。なのにいつの間にか他人より上に行きたい、他人より多くの光を集めたい、目的変わってるよね？」

黒髪の少女はキミの前で立ち止まる。

「君は？」

ボクが問いかけた。彼女はスッと隣に腰掛けると、キミを見つめてニコリと笑った。

「私、アングイスのスクルド」

彼女――スクルドは握手を求めるように手を差し出す。彼女はキミと同じユニオンだ。

「よろしくね」

スクルドの挨拶にキミも手を伸ばすと、その手を握りしめる。彼女の瞳がじっとキミを覗き込む。

「ところで君、エフェメラって知ってるよね？」

キミとボクは驚いて顔を見合わせる。

「どうして？ って感じだね。私は彼と同じパーティーにいたんだ……って言っても、キーブレード使いになってすぐの事だけど。彼は変わった子で、しばらくしたある日、パーティーから離れたの」

スクルドの話にキミは納得する。エフェメラは違うユニオンのはずだったからだ。

「で、ここからが重要なんだけど、つい先日、彼が夢に現れて、君と行動してくれって」

またボクたちは顔を見合わせた。

「どうして?」

ボクが訊くと、スクルドは肩をすくめる。

「さぁ?　彼がパーティーを離れてからも、何度かすれ違うようなことはあったけど、挨拶程度しかしなかったし、どうして私の夢に現れたのかもわからないの」

スクルドは困ったように笑った。

「だから、君と行動しろって言われても、どうしてなのか理由もわからない。逆に君に訊けば何かわかるのかと思って来たんだけど」

キミはスクルドに、キミが見た夢の話をする。エフェメラの出てきたあの夢だ。

「え?　君の夢にも現れたの?　彼は何か言ってた?　どんな夢だったの?」

スクルドに乞(こ)われて、キミは夢の内容を説明する。

あの地下水道でエフェメラは〝待ってるよ〟と言っていた。

「そう……そんな事が……」

スクルドが腕を組み、考え込む。キミとボクはスクルドを見つめている。

「待ってるよ、って言ったんだね……」

しばらく考え込んだあと、スクルドは顔をあげた。

「君がエフェメラと行くはずだった場所にもう一度私と行ってみない？」

「ダメだよぉ～！」

キミが頷いたので、ボクは慌ててそれを制止する。

「アヴァ様だって、近寄っちゃダメだって言ってたよぉ～」

「何かがあるから近寄るなって事でしょ？　エフェメラがわざわざ私に、君と行動を共にしろって言ったのはきっとそういう事だと思う。あともう一つ――」

スクルドが何かを言いかけたとき、凄まじい音が響き渡る。それは何か大きなものが破壊された音、あるいは大きなものと大きなものがぶつかったような、そんな音。

「何？？」

ボクが跳び上がる。

「近くだったね……」

キミとスクルドは音のした方角を見つめる。

「行って来る！」

スクルドがその方向へと駆けだした。キミもそれを追いかける。

「え？　え？」

一人残されたボクも戸惑いながら、キミたちの後をついていく。


デイブレイクタウンの路地裏で、ひとりアセッドは呼吸を整えていた。

マスターが不在となって一年以上……俺の本当の使命を果たす時——

グッと胸元でアセッドは拳を握りしめたかと思うと、広い道へと飛び出した。キーブレードを振り下ろす。そこにいるのはインヴィだ。

アセッドのキーブレードが雄たけびのような音を立てて襲い掛かるが、インヴィがかわしていく。アセッドのキーブレードは空を切り続け、それが風圧となってインヴィに襲いかかる。

インヴィがしなやかに跳ね、それも避ける。

ふたりの距離が縮まる。

「なぜ俺の邪魔をする！」

アセッドが叫んだ。その息はすでにあがっている。同じようにインヴィの呼吸も荒かったが、それを整えるようにひとつ息を吐くとインヴィも叫ぶ。

「邪魔をしてる訳じゃない。マスターの教えどおり、ユニオンの均衡を保ってほしいの。あなた一人が暴走してるのよ！」

その様子を建物の影にしゃがみこんでグウラが見つめているのに、ふたりとも気がつかない。

「予知書に記された光が敗北する結末、予知書に従っていてはその運命は避けられない。俺たちは予知書の、マスターの筋書きから抜け出さなくてはならない」

アセッドは叫ぶ。

確かに予知書の告げる未来は光の敗北――破滅だった。

「マスターまで愚弄するの！」

「マスターはもういない。マスターの予知を阻止して、俺が世界の救世主になる」

自らが〝世界の救世主〟になる。

アセッドの傲慢ともとられかねない宣言は、〝公正さ〟を常に心がけているインヴィにとって我慢のならないものだった。

「傲るな！」

インヴィはついに叫び、そのやり取りを物陰に隠れ聞いていたグウラが立ち上がる。

裏切り者はアセッドだ――

そのとき、グウラの視界に駆け込んでくるアヴァとチリシィの姿が入る。グウラはふたりの様子をうかがっていたことを悟られないように、アヴァに合流する。

「アヴァ、こっちだ！」

グウラはそう声をかけ、アヴァとともにアセッドとインヴィがにらみ合う場へと駆け寄る。

「インヴィ、アセッド、どうしてこんな事に？」

アヴァが悲痛な声で問いかける。

「裏切り者の正体がわかったわ、残念だけど……」

インヴィがアセッドにキーブレードを向けたまま言った。

「まさかそんな……！」

アヴァの視線が迷い、グウラを見つめる。グウラもまたキーブレードをその手に握りしめていた。

「アヴァ、考えてる暇ないよ！」

グウラの声を引きがねにアヴァもまた、ためらいながらもその手にキーブレードを出現させる。

アセッドに向かい合うアヴァ、インヴィ、グウラ。

「鍵が導く心のままに」

アセッドが小さな声で呟く。それはおそらく、アヴァたち3人には聞こえていない。

どうしてこんなことに――どうして――どうして。

本当にこれが予知された未来なの？


キミが見た光景は、アセッド様とインヴィ様が戦う姿だった。

キミのユニオンマスターとまだ会ったことのない熊のマスクを被ったユニオンマスターだ。

ふたりの戦いは凄まじく、キミはこの間のアヴァ様が少しも本気を出していなかったことを思い知る。

「どうして予知者様同士が戦ってるの……!?」

スクルドはそう言うとぎゅっと唇を噛みしめる。

「やっぱり、エフェメラが言ってた事は――」

スクルドは呟き、キミを見つめる。

「さっき言い掛けた事。実は、エフェメラが夢の中で最後にもうひとこと言ってたの。世界の終わりが近いって……」

キミとボクは息を飲む。

「どういう事？？」

「わからない」

ボクがそう訊いてもスクルドは首を振るだけだ。

「でも、終わりなんて予告なしに唐突に来るもんだよ。エフェメラが消えた様に」

キミは俯き、しばらくしてから顔をあげる。

そしてスクルドとボクを誘う。

「行こう」

キミの悲痛な決意を込めた言葉にボクはぎくり、としてしまった。

「え？」

だけど、戸惑うボクの前でスクルドが頷く。

「うん」

キミが歩き始める。そのあとにスクルドも続く。

「ええ？？」

戸惑ったままのボクを置いて、キミたちは走り出した。


グウラが入ってきたことにマスターは気がついていないようだった。予知書のページをめくり続けているマスターの背に、グウラが声をかける。

「失礼します」

だが、マスターの反応はない。グウラはそっとマスターを背後から窺う。

「えっとー、マスター？　お忙しいようでしたら、日を改めましょうか？」

マスターはようやく気付いたのか、

「うん、ああ、いやいや、ちょっと待って、えっとー、あったあった、ここだ」

そう言いながら予知書から見つけたページを1枚破ると、立ち上がってグウラに渡した。

「……これは？」

「ま、読んでみ？」

マスターから受け取ったページをグウラは読み始め、あることに気づく。

「えっ、これって予知書のページですよね？　でも……」

「そう、おまえたちの予知書には無かったページだ」

そのページは4人の予知者が持っている予知書からは抜き取られている。

そう、今この場にいるグウラ以外には知らされていない出来事が記されている。

「ここに書かれてる事って……」

「おまえの使命は、それに書かれてる裏切り者を捜し出し、その企みを止める事。裏切りの兆候（ちょうこう）がわかるように……」

するとグウラはすぐさまマスターの意図することを理解した。

「そうか、だからマスターは俺たちに別々の使命を与えたのか。使命が違えば行動理念も違ってくる。その違いを見極めれば裏切り者を見つけられる」

マスターの言葉が終わらないうちに、グウラは一気に言うとマスターを見あげる。

「さすがです」

尊敬の念を隠さないグウラに対し、マスターはちょっと不機嫌そうにそっぽを向いた。

「おまえ頭良すぎてイヤ～」

「え？」

グウラがきょとんとした顔でマスターを見つめる。

「ここはさー、俺の考えた仕掛けがバーンって明らかになって、おまえはズガガーンって衝撃を受けるとこだろー」

ズガガーンのくだりでは大仰（おおぎょう）に、雷にでも打たれたかのような仕種（しぐさ）をしながら、マスターはそう言い切った。

それでもグウラは顔色を変えず問いかける。

「ズガガーンって……俺の考え、間違ってましたか？」

「合ってるよ、まあおまえのそういうところを当てにしたんだけどな」

マスターは仕方なくそう答えると、グウラの顔を覗き込む。それから今までとは違う調子で付け加えた。

「誰が裏切り者であっても対処は冷徹にな。最後は自分だけを信じろ」

低い声で命じられ、グウラは緊張した様子で静かに頷く。

第6章

キミとスクルドは、臨海公園から塔へと続いている道の途中を走っていた。するとその前に突然、黒い服を着て羽を生やした、濁った金色の瞳を持つ3人組が現れる。ハートレスのようにも見えるが、人の名残をどこか残している――得体のしれない別のイキモノにも見える。

これはもしかして――

「……クス……ルクス……ルクスを……」

3人は口々にそう言い募りながらキミたちににじり寄ってくる。

「何なのあなたたち‼」

恐ろしさからか、スクルドが叫びキーブレードを構える。

「どういうことなの……！」

3人のうちのひとりから奇妙な笑い声を聞いたかと思うと、彼らは同時に跳躍し、キミたちに襲いかかった――こう叫びながら。

「ルクスを渡せ！」

キミは素早く走り込んで、スクルドに向かって放たれた魔法を、すんでのところで自らのキーブレードに受け止める。

「もしかして……もしかして！」

スクルドはまだ迷っている。

もしかして、ルクスを寄越せと叫ぶ彼らは。

キミは必死に彼らの攻撃をかわし、自らもキーブレードから攻撃を繰り出す。

「ダメ！」

スクルドがキミを止めた。

「――――やあ」

そのとき、３人組の後ろからゆっくりと歩いてきたのは。

――真っ黒なチリシィだった。

まるで入れ替わるように３人組は後ずさり、逃げていく。

そしてボクもまた真っ黒なチリシィと向かい合うようにキミたちの前へと足を進める。

ここはきっとボクの出番だ。

「君は……――――」

「ルクスなんて結局争いの元なんだから、ボクたちに渡しておいた方がいいと思ったんだけど。

まぁまだ君たちが持っててもいいか」

まるで独り言のように、真っ黒なチリシィは言った。でもボクは悲しくなって首を振る。

「その色……」

「どうだい？　僕の新しい姿」

真っ黒なチリシィは誇らしげにそう言った。

「君は完全に闇に染まってしまったんだね……」

ボクは本当に悲しかった。こんな風になってしまっては、きっともう元には戻れない。真っ黒なチリシィ、それは闇に染まったチリシィだ。

「どうしてそんなに闇を嫌うの？　世界に昼と夜があるように、君たちにも光と闇がある。何を恐れてるんだい？」

彼は問いかける。だがかまわず、ボクはボクが訊きたいことを続ける。

「さっきの３人は、元々は人間だったんだね……」

「そうだよ」

黒いチリシィが平然と言ってのけた。

「私たちと同じキーブレード使い……」

スクルドが俯き、悲しそうに呟く。

「心の弱い人間は闇を恐れ、闇に飲まれる。闇を受け入れ、闇をコントロールしてこそ、真の強さを手に入れる事が出来る。彼らは君たちの様に、予知書の欠片の力を使っていない。自らの能力で君たちと戦ったんだよ？　これって凄くない？」

「そんなの主の教えじゃない……」

黒いチリシィの話をボクは遮った。

そんなの、絶対にダメだ。

「教え？　そんなの関係ないよ。世界の事実は誰かに教えられるものなんかじゃない。自ら学ぶものさ」

そう言った黒いチリシィに、ボクは大事なことを問いかける。

「いったい、君が仕えているのは誰なんだい？」

キミとスクルドも黒いチリシィをじっと見つめている。

彼が僕たちの前に現れるのは何度目だっけ。彼はどんどん黒くなる。ボクはキミのチリシィだ。じゃあ彼――真っ黒なチリシィはいったい誰のチリシィなんだろう。

黒いチリシィが含み笑いで答える。

「クックック……身近にいるさ、いずれわかるよ」

そしてボクが消えるときと同じ仕種、空中でくるりと回って姿を消した。

「まさか……」

スクルドは唇を引き結んで俯く。

「仕方ないよ。彼らは闇に負けたんだ」

あきらめ気味に言葉をこぼしてしまったボクだったけど、スクルドは俯いたまま拳を握りしめる。

そのスクルドの肩に、キミがやさしく手を置いた。スクルドがキミを見つめ、頷く。

「そうだね、行かなきゃ」

キミたちはまた歩き始める。


水の流れる音と歯車の回る音がする地下水路を、キミたちはほとんど話さずに進んだ。きっとさっきの3人組と黒いチリシィのことを考えているんだと思う。

キミとスクルドの足が止まる。

「ここが、エフェメラと最後に会った場所?」

スクルドがキミを振り返って尋ねた。キミは静かに頷く。

「きっとこの先に秘密があるのね……」

ボクは塞(ふさ)がれた水路の奥を見つめる。そしてそんなふたりの前に立ちふさがる。

「本当にここから先に進むの? さっきの黒装束(くろしょうぞく)や黒いチリシィ――何かすごく嫌な予感がするよぉ……」

きっと止められないと思いながら、ボクはふたりに不安を隠せない。するとキミはボクの頭をやさしく撫(な)でてくれた。

でも行くんだよね。

「君、この塔の中の構造は知ってるんだよね？」

スクルドがボクの目をまっすぐに見て言った。

「う、うん……」

「じゃあ、案内して」

スクルドにそう頼まれて、思わずキミの方を見上げると、キミはボクを見て頷いた。

「わかったよ。でも、本当は立ち入りを禁じられているから、少し覗いたらすぐ帰るんだよ」

ボクが念を押すように言うと、キミとスクルドが顔を見合わせる。そしてスクルドがボクを見て言った。

「約束する」

ボクはひとつため息をつき、ふたりの前を時計塔の中に向かって歩き始める。

階段を昇ってもっと上。この先にあるのは、予知者様たちの部屋だ。


扉を開いた先でスクルドが周囲をみまわす。キミも足を踏み入れ、少し驚いたような顔をする。きっとキミは夢でここを見たはずだ。

「ここは……?」

「ここが最後の部屋……予知者様たちの部屋だよ」

ボクが答えると、スクルドは部屋の真ん中へと歩いて行く。部屋の側面では、壁の代わりにたくさんの歯車がまわっている。周りを見渡すと、床の上にも本が積み重ねられ、机の上には試験管とフラスコが並んでいる。

「エフェメラはここまで来たのかな?」

そう言いながらさらに調べようとするスクルドを止めるため、ボクは後ろから歩み寄る。

「見ての通り誰もいないし、何もないよ……。置いてある物を勝手に触るのはダメだし、約束通り、もう帰ろうよ。誰かに見つかったら大変だよぉ……」

ボクの心臓はドキドキしている。本当にこんなところを誰かに見つかったら大変なことになる。何が起こるのかはわからないけれど。

「そうだね。ここには何もないか――。何だか肩透かしだったなぁ。エフェメラの夢は何を意味してたんだろう……」

スクルドがキミを振り返って言った。キミは腕を組んで考え込んでしまう。

キミの見た夢とスクルドの見た夢。

いったい誰がそんな夢を見せたんだろう――もしかしたら黒いチリシィ?

「何をしているんですか」

そのとき、ボクたちの後ろから声がした。

「マスター・インヴィ様……」

ボクはその名を呟く。キミの所属するユニオン、アングイスのマスター、蛇のマスクのインヴィ様。

「すみません！　私たち、友だちを探してて」

スクルドが頭を下げる。でもインヴィ様が諌めたのはボクだった。

「チリシィ、あなたが付いていながら、何故ここに入ることを許したの」

「すみません……」

ボクもスクルドと同じように頭を下げる。

「先日もここに侵入した者がいたけど、彼が君たちの友人なの？」

「はい」

そう答えたのはキミだった。

普段は無口なキミがはっきりとそう答えたのに驚いて、ボクはキミを見つめる。スクルドも同じみたいだった。

「彼を、エフェメラを知っているんですか？」

スクルドがインヴィ様に質問する。

「彼が所属していたユニオンは、我らアングイスとは、相反する目的でルクスを回収していま

した。彼が君に近寄ったのは、我らのユニオンの情報を探るため。彼にもう会う事は出来ません」

その言葉にキミが息を飲む。

「まさかエフェメラを――」

思わず口にしたスクルドの言葉を、インヴィ様が遮る。

「……消えてもらった」

一瞬空気が凍り付いたみたいだった。ボクは思わずキミの名を呼ぶ。でもキミは動かない。

そしてスクルドは小さく震えている。

「許せない……」

「どうする気？」

問いかけたインヴィ様に対し、スクルドがその手にキーブレードを出現させる。

「ダメだよ、スクルド！」

ボクは必死にスクルドを止める。いくらキミたちが強くなったといっても、予知者様たちに敵うはずがない。予知者様たちに歯向かうこと――それはつまり消滅を意味する。

でもスクルドはインヴィ様をにらみつけ、キーブレードを構えたまま動かない。

「マスター・インヴィ様！　今日の一件は全部ボクの責任です！　ふたりを許してください！」

ボクは必死に頭を下げる。こんなところに連れてきちゃったボクがいけない。

そのボクの頭をやさしく叩く手――キミの手だ。

キミは静かにインヴィ様の前に進み出た。そして口を開く。

「マスター様、今日まで自分はこの世界のために、光を回収しユニオンに尽くして来ました」

こんな風にキミがたくさん喋るところを見るのは初めてだった。

「仲間だと思っている同士でも競い合って来ました。それもこの世界のためなら仕方がないことだと、その意味を考えない様にして来たんです」

驚くボクとスクルドの前でキミはさらに続ける。

「でも、そんな時、そんな単純な疑問を問いかけてくれたのがエフェメラです。彼との出会いはほんの一瞬だったし約束も破られて、そんなに楽しい思い出ではないけど、心に大きく存在しています」

ボクはいつかのことを思い出す。

キミはエフェメラと会うことができなくて本当に悲しそうだった。

「それはきっと、彼が友だちだからです」

そう言ってキミはボクを見つめる。

ボクのことも友だちだと言ってくれたキミが。

そしてキミはその手にゆっくりとキーブレードを出現させる。

「そんな友だちを奪われた……この怒りと悲しみの感情が闇を意味する事であっても、自分はどうしても抑える事が出来ません」

インヴィ様に向かってキーブレードを構える。

「もし、マスター様とキーブレードを交えたとしても、自分が無事で済むとは思いません。自分も消えてしまうかもしれません。それでも、きっとエフェメラがこの場にいたらこうするでしょう――マスター・インヴィ、キーブレードを構えてください」

そう促したキミを受けて、インヴィ様もまたその手にキーブレードを出現させる。そしてゆっくりと構えた。

「来なさい」

「ダメだよ‼」

叫んだボクの前で戦いが始まった。

キミがすぐさま跳び上がり、振り下ろしたキーブレードをインヴィ様が受け止める。そこにスクルドが続いてキーブレードを打ち込むけれど、逆にふたりとも撥ね返されてしまう。スクルドがなんとか床に着地した横で、キミは受け身を取れず叩きつけられる。それでもキミはすぐに立ち上がり、またキーブレードを構える。

予知者様にキミたちが敵うはずない。その証拠にインヴィ様は片手を使っていない。まるでキミたちを試すみたいに――ボクは思い出す。そういえばアヴァ様もあのとき、キミと本気で戦っていないみたいだった。

――もしかして。

ボクには見ていることしかできないけれど。

インヴィ様がキーブレードを掲げると魔法の光が放たれ、それをキミはキーブレードで弾く。

でも立て続けに光弾がキミとスクルドに襲いかかる。

スクルドがキミの名を叫ぶ。そして必死にインヴィ様の元へ走り込む。スクルドがキーブレードで魔法を打ち消し、その隙にキミが駆け込む。キミのキーブレードがインヴィ様を掠める。

でも、キミの頭上にインヴィ様のキーブレードが振り下ろされる。キミが倒れる。

もうダメだ、とそう思った瞬間、あたりが光に包まれる。

そして、ボクたちはあの地下水路に立っていた。

予知者様の部屋にいたはずなのに――

ボクとスクルドは倒れたキミの顔を覗き込む。

大丈夫、大きな怪我はしていないみたいだ。

ゆっくりとキミが目を開ける。

「怒りと悲しみに飲まれる事なく、よく戦いましたね」

優しい声になったインヴィ様が光に包まれたかと思うと、姿を変える。

「アヴァ様……」

スクルドがその名を呼んだ。キツネのマスク――間違いなくアヴァ様だ。

彼女はキミに近づくと手をかざす。温かな光があふれ、キミは回復して立ち上がる。

「あなたたちの心の強さを確かめさせてもらいました。さっきまで戦っていたマスターも場所も、私がここで作った幻影」

「どういう事ですか？」

スクルドが問いかける。

「エフェメラが夢で告げた通り、もうすぐこの世界の終わりが来るでしょう」

アヴァ様はすぐには信じられないことを厳(おごそ)かに言った。予知者様同士の戦い——消えていくキーブレード使いたち。そしていなくなったエフェメラ。それは世界の終わりに繋がっているってことなんだろうか。

「もしこのまま世界の終わりに全員が巻き込まれれば、キーブレード使いはそこで途絶えます。それは避けなければいけない」

アヴァ様がゆっくりと歩きながらそう語る。そして足を止めた。

「私は自らの使命を遂行(すいこう)し始めました。ユニオンの隔(へだ)たり関係なく、優秀なキーブレード使いたちを、後の世界に残す準備です」

「後の世界に、残す……？」

ボクは訊き返す。そんな話はもちろん知らない。

「あまりにも唐突な話で……」

スクルドが把握しきれない真実に戸惑い、キミも同じ気持ちなんだろう、スクルドの言葉に頷く。

「結局、エフェメラはどうなったんですか？」

一番気になっていること――エフェメラの消息をスクルドはアヴァ様に問いかけた。

「今話した通り、この世界は終わりに向かっている。エフェメラが疑問を感じ、調べていたのは、ある意味、それを感じ始めていたからでしょう。彼は誰よりも早く真実に近付いた。だから、お願いをしたの」

アヴァ様がボクたちの方を見つめる。そして言った。

「私の代わりに、ダンデライオンを導くように」

「……ダンデライオン？」

ボクは聞き覚えのない単語を繰り返すことしかできない。

「後の世界に残るキーブレード使い。それがダンデライオン。世界の終わりに立ち会わない者たち。そのダンデライオンを組織するのが私の役目。でも、私は世界の終わりに立ち会わなければいけない。だから、私がいなくなった後、残った者たちを導いてもらう為に、エフェメラには、もう別の場所で待っていてもらう事にしました」

「別の場所……じゃあ、エフェメラは無事なんですね？」

スクルドのすがるような問いかけに、アヴァ様が頷く。

「この世界が終わるのは、キーブレード使いの中に、闇に飲まれた者がいるから。黒いチリシィに出会ったと思うけど、あれがその証」

ゆっくりと、アヴァ様はボクたちに歩み寄ってくる。

「後の世界に闇の力を残さないように、私はあなたたちキーブレード使いの心を揺さぶって、僅かな闇にも飲まれない者を、ダンデライオンとして選んでいる。だからあなたたちにもお願いしたいの、ダンデライオンに加わる事を」

キミとスクルドは顔を見合わせる。

やがてキミは俯き、スクルドはアヴァ様を見つめる。

「わかりました」

スクルドはそう答えたけれど、キミは俯いたままだ。ボクは心配になってキミを見つめる。キミがどんな答えを選んでもボクはキミと一緒に行くつもりだけど——

「どうしたの？」

スクルドが尋ね、キミは顔をあげた。

「その、ダンデライオンに選ばれない、大多数のキーブレード使いたちは、どうなってしまうんですか？」

キミがそうアヴァ様に問いかける。アヴァ様は俯いて、それから顔を上げると言った。

「この世界の最後、キーブレード戦争に向かう事になるわ」

「キーブレード戦争……」

スクルドが小さく呟き、

「それはもう避けられない……」

アヴァ様が悲しそうにそう結んだ。

みんな黙ったままの時間がしばらく続いた後、キミは顔をあげる。

「ダンデライオンへの参加は、考えさせてください」

キミははっきりとそう言った。ボクとスクルドはキミを見つめる。でもキミの決心は揺らがないみたいだった。

「わかりました、強制はしません。ただ、混乱を起こさないよう、この事は他言しないでください」

ボクたちは頷く。そしてアヴァ様はボクたちに背を向けて、去って行った。


ボクたちは噴水広場に戻り、噴水の縁に腰掛けて空を見上げていた。

「どうして参加を保留にしたの？　参加すれば、エフェメラ君にも会えたかもしれないのに」

ボクはキミに訊いてみる。なんとなく理由は予想がついたけれど。

「エフェメラは大切な友だちだよ。でも、これまで一緒に戦ったキーブレード使いのみんなも、大切な仲間だから」

「そっか……」

ボクはキミの答えに少し安心する。キミがキミのままだったから。いつもはほとんど喋らないキミが、こんな風に喋るのはちょっと不思議だったけど。

すると今度はスクルドが言った。

「私の話、していい？」

キミとボクは頷く。

「実は私がキーブレード使いになって、パーティーを作っても誰も入ってくれなくてさ、そんな時にエフェメラが入ってくれたの」

懐かしそうにスクルドはエフェメラのことを話し始める。

「ずっとふたりのパーティーだったんだけどね。しばらくしてパーティーのメンバーも増え始めて、皆で一緒にルクスを集める事に必死になってて……エフェメラとふたりで話す機会も減って。そんなある日、スクルドはもう大丈夫だって言って、彼はパーティーを去って行ったの。それからも私はパーティーのメンバーと、ルクスを集める事に夢中になってた。でも、気づくとパーティーのメンバーが減り始めてて、結局また一人になってたんだよね……」

その間、スクルドにはどんなことがあったんだろう。ボクは考える。

ルクス集めは大事な使命だけど、ユニオンやパーティーを移動することはいつでもできる。気が合わない仲間がいたら、やめることだってできた。働かないメンバーだっている。そういうそれぞれの違いが仲違い（なかたが）いの原因になることもある。

「エフェメラはきっとパーティーを去った後も、私の事を心配してくれてたんだと思う。だから君に会うように言ってくれたんだと思う。君は色々気付かせてくれた。でも、私はエフェメラに会って、お礼を言いたい。だから参加したいって思った」

スクルドはそう言うと、キミに笑いかける。そして噴水の縁から飛び降りると、キミを振り返った。

「また、会おうね」

スクルドがキミに手を差し伸べる。キミも噴水の縁から降りるとスクルドの手を握りしめる。

きっとキミたちはまた会えるよ。離れてもキミたちは友だちのままだから。

また会える。

マスターと予知者アヴァが向かい合っている。ふたりとも黙ったままだ。

「予知書に記された結末は避けられない未来……世界は闇に覆われて消えてしまうだろう」

マスターに告げられ、アヴァは目を伏せる。そして悔しそうに言った。

「私たちに、できる事はないのですか？」

「おまえに与える使命があるいは、消滅の運命を回避する希望になるかもしれないな」

マスターの言葉にアヴァは顔をあげ、まっすぐマスターを見据えた。

「希望――私は何をすればいいのですか？」

「争いに巻き込まれないよう、各ユニオンの隔たりを超え、優秀なキーブレード使いを選び、自らのユニオンとは別に組織してくれ。そしてたんぽぽの綿毛のように、外の世界へと旅立たせるんだ。光の守護者を途絶えさせてはならない」

マスターの声には他の予知者たちと話している時には感じられない、静かで真剣な響きがあった。

「そのような大役、私に務まるでしょうか？」

「アヴァ、おまえにしかできない事だよ」

マスターがやさしく諭す。一瞬アヴァは俯きかけたが、それからまた顔をあげる。

「わかりました」

アヴァの決心にマスターが静かに頷きかけた。

第7章

デイブレイクタウンの路地裏で、豹のマスクを被った予知者の少年、グウラはひとり紙片を見つめていた。そこに書かれている内容をグウラはもう一度読み直す。

他の予知者たちが知らないはずの言葉。

「俺の使命を果たす時だ」

ひとり呟くと、彼はそれをローブの内側にいれ、ゆっくりと歩き始める。

向かったのは倉庫。そこにいるのはインヴィたちと戦い、傷ついたアセッドだ。

「グウラか……」

その姿を見つけたアセッドが、荒い息の下から名を呼んだ。

「俺の使命って何だと思う？」

そのアセッドを見下ろして、グウラは問いかける。今なぜそんなことを訊かれているのかわからなかったのだろう、やや怪訝そうにアセッドは顔をあげた。

「俺たちの予知書には欠落した一片、ロストページがある」

「ロストページ？」

それはアセッドの知らない事実だった。グウラはさらに続ける。

「そこには裏切りの予知が記されていた」

グウラはキーブレードをその手に出現させる。

「これが俺の使命……裏切り者をあぶり出す事」

グウラのその言葉に、アセッドはゆっくりと立ち上がると拳を握りしめる。

「怒りを抑えられない――刃を向けられたからじゃない。おまえは最初から裏切り者の存在を知っていて黙っていたのか！　仲間が騒動に翻弄されるのを、陰でせせら笑っていたんだな。許さんぞグウラ」

アセッドもまた、キーブレードを構えた。

「そんなボロボロで何ができる。おとなしく消えてくれ！」

「なめるな小僧！」

グウラとアセッドがほとんど同時に雄叫びをあげ、ふたりのキーブレードがぶつかった。すでに傷を負っていたアセッドだったが、ふたりの体格にはかなりの差がある。力と体力では圧倒的にアセッドが上だ。しかし、そのキーブレードの速さではグウラがアセッドを凌駕する。傷さえ負っていなければほぼ互角――いや、経験の分、アセッドが有利だった。だからこそ傷を負っている今、グウラはアセッドに挑んだ。しかしその目論見は外れる。アセッドを支配する怒りが、グウラの力を上回る。

ふたりのキーブレードが何度もぶつかり、火花が散る。離れたふたりがにらみあう。永遠に続くかと思われた打ち合いだったが——先に倒れたのはグウラだった。膝をついたグウラに足を引きずりながらアセッドが近づいていく。アセッドの怒りをこめた一撃がグウラに振り下ろされようとしたその時、駆け寄る人影があった。

「もうやめて！」

グウラをかばい、アセッドの前に立ったのはアヴァだった。アセッドのキーブレードが止まる。アヴァはひるむことなくアセッドを見つめる。しばしの後、アセッドのキーブレードを握った腕がぶらりと下がり——その手からキーブレードが消えた。

「おまえもか……」

そして悲しげに呟くと、ふたりに背を向け歩き始める——その足を引きずりながら。

アヴァはグウラを抱きしめる。

「もう戦いは避けられない」

そして小さな声で言った。

心身ともに傷ついたアセッドが、ひとりデイブレイクタウンの路地裏をゆっくりと歩いて行く。そのアセッドを待ち構えていたのはユニコーンのマスクを被るイラだった。

「今仕掛けられたら勝ち目はないな」

苦笑いとともにそう言ったアセッドに、イラが静かに、諭すように告げる。

「私は争いを望んでる訳じゃない。マスターに与えられた使命を果たしたい、それだけだ」

イラは続ける。

「マスターは予知書に記された結末を変える為に我々に使命を与えたのではない。その先の未来へ光を繋ぐ為に我々があるのだ。欠落は埋められない。光は5つしかないのだ」

光は5つ――――イラの言葉にアセッドは問いかける。

「俺も光の一つと数えてくれるのか?」

「もちろんだ」

その答えに少し安堵したのか、アセッドは小さく息を吐いた。

「おまえはこんな局面でもいいヤツだな、イラ。まあ、俺はおまえのそんなところを認めたんだがな」

アセッドの口調はもう怒りに満ちたものではなく、温かみさえ感じさせた。しかし、アセッドは一瞬ゆるんだ気持ちを消し去ると続けた。

「だが欠落が一つ出そうだ」

イラがほんの少し身じろぐ。

「グウラには気をつけろ。ヤツはロストページというものを利用している。そこには俺たちの予知書にはない予知が記されているそうだ。グウラの使命は裏切りを止める事と言っていたが、本当のところどうだか……もう俺たちにはそれを確かめる事ができない。俺はヤツが裏切りの予知を知っていて黙っていた事が許せない。それこそ仲間への裏切りだ」

アセッドの声色がまたも怒りに彩られ始めた。

「グウラもマスターからの使命を果たしたかっただけだと思いたいが——この件、私が預かろう。調べがつくまで他言無用だ」

イラはそう告げると、アセッドに背を向け歩き始める。

「わかった」

その背にアセッドが応じた。

しかし——ひとり歩くイラの心は揺れていた。存在を予想していたものが本当にあったとは。

——ロストページを手に入れなければ。

アヴァが傷を負ったグウラを連れてきたのは、デイブレイクタウンの橋の下——時計塔に流れ込む運河の途中にある地下水路の行き止まりだった。ここなら誰にも見つからず休ませることができるはずだ。

「誰か来たよぉ。まっすぐこっちに近づいてくるー」

そこに駆けてきたのは、マスターが最初に作ったチリシィだ。今はアヴァといっしょにいる。

「ありがとう、チリシィ。グウラをよろしくね」

そう言い残してアヴァは時計塔の正面、橋の上へと出る。すると、橋のもう一方のたもとから歩いてくるのはイラだった。グウラのいる場所から少しでも離れるために彼女はイラへと駆け寄る。

「どうしたの？」

イラがアヴァを見下ろす。その視線は厳しく、アヴァは少し緊張する。

「ここにグウラがいるな」

「えっ⁉」

イラが知るはずない、と思っていたことで詰問され、アヴァは思わず訊き返してしまう。

だが、イラはかまわず続ける。

「グウラを引き渡せ」

「引き渡せって——グウラをどうする気？」

「おまえは知らなくていい」

アヴァは迷う。イラはリーダーだ。そして多分これは命令だ。でも——

「……ダメ」

小さな声で呟くように拒むと、イラが訊き返す。

「何だと？」

アヴァは顔をあげ、決心してイラを見上げる。

「グウラは連れていかせない」

「――そういう事か」

イラは何かに納得したのか、ひとりごちる。

「わかった、出直そう」

イラが踵を返し、立ち去っていく。小さく息を吐きアヴァはその背中を見送る。そしてグウラの眠る橋の下へと足早に向かう。

「グウラ！　まだ寝てないと」

眠っているはずのグウラが、体を起こそうとしている。それを支えようと慌てて駆け寄る。

だがグウラはアヴァの手を押しとどめ、その体をゆっくりと起こした。

「何かあったのか？」

「イラが来た。グウラを引き渡せって」

アヴァが答えると、グウラはわずかに口元をゆがめる。

「やっぱり、そういう事になってきたか」

「どういう事？」

アヴァは状況が全くわからず、問いかける。グウラはその身を壁にもたせかけた。

「みんなロストページの事を知りたがってるんだ」

グウラを捜していたイラが、そして自分以外のみんなが知りたがっている――そのことすらアヴァは知らなかった。

「ロストページ？」

「うん」

グウラはアヴァに頷くと、その説明を始める。

「マスターが俺にだけ託した予知書から欠落した一片の事。そこには裏切りがある事が記されていた。唯一の手掛かりは、〝異端の印を持つ者〟という記述……ただ、それだけでは何を意味しているのかわからない。俺の使命は裏切り者をあぶりだす事。俺はアセッドに目星をつけて仕掛けたんだけど――このざまだ」

グウラはひとり自嘲の笑みをこぼす。だがそんなグウラにアヴァは言った。

「私はそんなの知りたくない。マスターの教えを守って、使命を果たす事で精一杯」

すると、グウラが感心したように言う。

「いつだってアヴァは正しいな。ロストページに記されていたのは、つかみどころのない不確かな情報。そんなものに振り回される事自体がおかしいんだよ」

そんなアヴァだから自分はロストページの内容を少し明かしてしまったのかもしれない。そんなことを思いながら、グウラはしっかりとアヴァを見つめる。

「だから確かめようと思う」

そして左手でアヴァの右手を強く握った。

「どうやって？」

「マスターに聞くんだ」

「マスターはもういないのよ」

「キングダムハーツを出現させる」

「え⁉」

グウラのやろうとしていることにアヴァは驚愕する。

「そうすればマスターが帰ってくるはずだ」

まだ驚いたままのアヴァの前で、グウラははっきりと言った。

「キングダムハーツの出現は禁忌よ！」

「だからこそなんだ！」

両手でアヴァの右手を包み込みながら、グウラはその決意の固さを自分で確かめるように強い口調で言い、そして続ける。

「禁忌を犯せばマスターは帰還せざるを得ない！　このままだと本当に予知書どおりの結末になってしまう。でも、キングダムハーツを出現させるには光が、ルクスが全然足りない」

グウラは両手に力を籠めると、まっすぐにアヴァを見つめる。

「いつも正しいアヴァならわかるはずだ、俺に協力してくれ！」

――しばらくの時間が流れた。やがてグウラのまっすぐな視線からアヴァが目をそらす。

「たとえ、マスターの帰還が目的だったとしても、キングダムハーツの出現でどんな影響があるのかわからない――だからマスターは禁忌としていた……」

アヴァは一度言葉を途切らせると、グウラが握っていた手を左手でほどき、そらした目をグウラに戻し、言い切る。

「協力はできません」

「そうか……」

グウラはアヴァから手を遠ざける。そしてゆっくりと立ち上がり、歩き始める。

「鍵が導く心のままに」

立ち去り際、グウラはアヴァを一度も見ることなく、そう告げた。

数日後――同じ時計塔の正面、橋の上でインヴィとアヴァが対峙していた。
「どうしてイラに話したの！　私たちが隠れていた場所はインヴィにしか教えてなかったのに、

そんな不用意な行動が疑心の火種になるって事がどうしてわからないの？」

アヴァがインヴィを問い詰める。アヴァに責められ、インヴィも少し冷静さを失っているようだった。

「たしかにあなたは用意周到ね。自分の従えるユニオンとは別に、全ユニオンから優秀なキーブレード使いたちを集めて、誰の目にも届かない場所で訓練し、組織してる」

そう言い返されたアヴァが、はっきりと自分の立場を明らかにした。

「それが私の使命だからよ！」

それはインヴィにとっては初めて知った事実だ。

一瞬言葉を失う。そして、すぐに後悔したように言った。

「そう、だったのね――ごめんなさい。言い過ぎたわ」

自分も強く言い過ぎたと気づいたアヴァも、落ち着きを取り戻す。

「ううん、私の方こそごめんなさい」

ふたりの間に沈黙が落ちる。先に口を開いたのはインヴィだった。

「イラが何かしたの？」

「ううん、何も」

アヴァは首を振り、不安げに続ける。

「ただグウラを引き渡せって。でも、イラの目、怖かった。グウラが何かされるんじゃないかって……だからグウラの事は教えなかった。そしたら、何もせず帰っていったの」

その時のイラの様子を聞いて、インヴィは少し考え込んでしまった。

「そう――それでグウラの容態はもういいの？」

心配するインヴィにアヴァは一瞬視線を泳がせ、橋の下を見つめる。

「もうここにはいない――グウラはルクスを集めようとしてる」

悲しげに言ったアヴァに、インヴィはまた少し考えると、納得するように言った。

「そう、だからアセッドもイラもルクス集めに走っているのね。均衡を保とうとしているんだわ。でも、これまでのように示し合わされた均衡じゃない。皆が自身の思惑のままルクスを回収している。キーブレード使いたちの無秩序な争い、この先にあるのは――」

インヴィはその先の言葉を口にすることを一瞬迷う。言いたくない言葉。認めたくない結末。

「キーブレード戦争」

アヴァも目を伏せ、さらにその結果起こることを口にしようとする。

「そしてその結末は予知書どおり――」

アヴァが言いよどんだ、予知書に記された真実を今度はインヴィが口にした。

「……光の消滅」

しばらくふたりとも黙ったまま――

これは本当に避けられない未来なの？

「インヴィは、これからどうするの？」

アヴァは、歩き始めようとしたインヴィに問いかける。

「私もルクスを集めるわ。もう、そうするしか均衡を保つ術はない……アヴァ、あなたもそうしなさい。少しでも、結末を先に延ばす為に」

アヴァの答えを聞かないまま、インヴィは立ち去ろうとする。その背中に向かって小さな声でアヴァは届かない返事をする。

「うん……」

闇に覆われる日は近いのかもしれない。でも私が希望の糸を紡ぐ。


噴水広場でアヴァは自分が選び、集めたキーブレード使いたちに語りかける。

「今日もまた、これまでの任務に準えた訓練になります。既に体験した事の追体験になりますが、それはまるで夢の中の世界、こことは別の空間での――」

そこまで告げて、アヴァは言い淀む。集められたキーブレード使いたちが一瞬不思議そうな表情を浮かべる。

「……あなたたちは希望です」

そんな彼らにアヴァは言った。

「いずれ争いがはじまる。同じ光を守護したいと願う者同士が、ただユニオンの隔たりというだけで、競い合った友人と敵同士になってしまう。私も、どこまで正しい導きを続けられるかわかりません。自らの闇に飲まれ、争いの中心でキーブレードを振るうかもしれません」

自らの闇――誰の心にだってある気持ち。

それはキーブレード戦争を呼ぶ。

本当にもう止められないの？

本当に未来は変えられないの？

光は本当に消えてしまうの？

「でも、この戦いに勝者はいない、すべてが消滅するだけです。だけど、あなたたちは希望の種として残ってほしい。もしこの先、その争いが起きた時、あなたたちだけは争いに参加せず、外の世界に旅立ってください。日々、こうして別の訓練を繰り返すのはその為です。あなたたちにキーブレード使いの未来を、光の世界を託します。鍵が導く心のままに」

もう私にはわからない。

あとは――鍵が導く心のままに。

第8章

デイブレイクタウンに戻ってきたキミとボクは、いつものように噴水広場に歩いて行く。

もうすぐ夕暮れだ。

今日はいっぱいルクスを集めたし、きっとキミも疲れてる。でも――――そんなとき聞こえてきたのは、キーブレード使いたちの言い争う声。

「まただね……」

ボクは思わず呟く。最近はいろんなところでそういう光景を見かけるようになっていた。キミを見上げると、キミはもめているキーブレード使いふたりのところに行こうとしている。ケンカを止めたいんだね、わかるよ。キミはそういう人だ。

だけど――

「やめとこうよ、気持ちはわかるけどキリがないよ」

ボクはキミの服の裾(すそ)をつかんでそう言った。キミがため息をつく。

「最近多過ぎるよね、本当にどうなっちゃうんだろぉ……」

キミが悲しげにうつむく。そのとき、キーブレード使いたちがその手にキーブレードを出現させた。それを見てすぐにキミは彼らに走り寄る。そしてお互いが相手に向かって振り下ろした2本のキーブレードを、キミが自分のキーブレードで受け止めた。

「仲間にキーブレードを振るうなんて！」

ボクも駆け寄ってそう叫ぶ。するとキミとキーブレードを交える格好になったふたりのうちの、鼻メガネをかけ、フリルのいっぱいついた服を着た方がせせら笑う。

「仲間だと？　笑わせるな、こいつらは俺たちのルクスを奪ったんだ」

するとうさぎの耳で飾り、同じようにうさぎのようなふわふわの着ぐるみをまとったキーブレード使いが言い返す。

「はぁ？　光は俺たちが守っている、お前たちのユニオンが裏切り者の闇ではないのか？」

そう言いながら、やっとお互いに自分のキーブレードを引いた。それでも構えは解かない。

「お前たちのユニオンこそ、光を奪う闇ではないのか！」

キミを挟（はさ）んでふたりが言い合う。キミは間で手を広げ、ケンカを止めようとする。ボクも必死になって説得する。

「待ってよ！　たとえ別々のユニオンでも目的は同じ仲間、戦うのは間違ってる！」

でもボクの言葉なんて届くはずもなく、

「引っ込んでろ！」

メガネのキーブレード使いはキーブレードを振りかぶった。

「やめなさい！」

ああ助かった！　ボクたちに加勢してくれる子がいるとは思わなかった！　来てくれたのはスクルドだった。ふたりのキーブレード使いが彼女の方をいぶかしげに見やる。

「は？　おまえはどこのユニオンだ？」

うさぎのキーブレード使いはそう詰め寄る。みんなもう自分のユニオン以外は信じないのだろうか？

「そんなことは関係ない。わたしたちの敵は闇の魔物。キーブレードは人に振るうものじゃない！」

スクルドの言っていることが圧倒的に正しいとボクは思う。キーブレードは闇を消すために使うものだ。でも、うさぎのキーブレード使いは反論する。

「人であろうが光を奪う者は闇の存在、魔物と同じだ！」

「何てことを！」

スクルドが叫んだ。でもまるでそれを合図にしたかのように、他のキーブレード使いもこの騒ぎに集まってくる。そして、正しいことを言ったはずのスクルドをみんながにらみつけている。

ああどうして――

「もう、戦いは始まってるんだ」

メガネのキーブレード使いが言った。スクルドが一瞬ひるむ。

「その通り……」

そこに追い打ちをかけるように言い放った人物がいた。熊のマスクを被った予知者——アセッド様だ。

アセッド様は続ける。

「もはや、信じられるのはユニオンの結束のみ。同じキーブレード使いであろうが、その心が闇か否かの判断は出来ない。絶対的強者、ユニオンの強さは回収した光の数じゃない。強いユニオンこそが正義なのだ。それは戦って証明するしかない」

「そんな！」

スクルドが嘆(なげ)きの声を上げる。でも、アセッド様は構わず続けた。

「反論があるのか？　おまえたちはアヴァが裏で組織しているダンデライオンの一味だろう？アヴァがやっていることも結局は力の誇示(こじ)だ。同じではないのか？」

スクルドがうつむく。劣勢のスクルドに代わって、キミがアセッド様の前に一歩足を踏み出した。

「俺はダンデライオンじゃありません」

いつもはそんなに強く主張をしないキミが、はっきりとそう言った。アセッド様がキミを見る。

「ほう、ユニオンはどこだ？」

「アングイス」

キミが答える。するとアセッド様はキミを鼻で笑った。そして有無を言わせない口調で、

「キーブレードを構えろ」

そう促した。アセッド様の手にキーブレードが現れる。それでもキミがためらっているのを見ると、アセッド様は容赦なく襲いかかって来る。

「そんなの、無理だよ！」

ボクは思わず叫ぶ。でもアセッド様は手をゆるめない。間合いを一気に詰めるとキミにキーブレードを打ち込む。キミはそれを受け止めるだけで精一杯だ。

ダメだ――キミが壊れちゃう。

一矢報いようといったん間合いを取ったキミが、踏み込んだ勢いでキーブレードを振り上げる。それがほんの少しだけアセッド様のマスクをかすめる。本当にちょっとだけ。

でも、次の瞬間ものすごい勢いで、アセッド様がキーブレードを振り下ろす。

「おまえはキーブレード使い失格だ」

攻撃を受け止める形で地面に膝をついたキミを見下ろし、アセッド様がキーブレードで押さえつける。

どうしよう――どうしたら。

「キーブレードを収めろ、アセッド」

諭すような声が広場に響いた。

「イラ……」

アセッド様が呟いたのは、ユニコーンのマスクの予知者様の名前。

ボクはほんのちょっとだけ胸をなで下ろす。まだ危険は去ってないけれど。

「マスターともあろう者が、キーブレード使いに危害を加えるとは！」

「ふん！ 力を試してやったまで」

「おまえの殺気を感じて、ここに来たんだぞ」

イラ様とアセッド様が睨み合う。アセッド様はようやくキーブレードを収めてくれた。ボクはキミに駆け寄る。

「もはや、決戦は避けられん。アセッド様の関心はもう、キミに対してではなくなっていた。

インヴィ、グウラ、アヴァ、そしておまえもだ、イラ。どのユニオンよりも多くのルクスを回収しようと躍起になっている。戦いは最初から始まっていた、それを激化させていったのはおまえたちの方だ」

強い口調で言ったアセッド様とは対照的に、イラ様は静かな口調で応じる。

「だから力で抑えつけようと言うのか」

かまわず、アセッド様は続ける。

「結局は強い指導者が世界を左右する。俺はルクスではなく、どこよりも多くの兵を集める。

強い組織こそが絶対だ。均衡を保つには指導者はひとりでいい。おまえたち4人を追放し、俺が全てのユニオンを統べる」

アセッド様のその決意は、もう揺らがないんだろうか？　容赦ない、残酷な現実を突きつけられた気がした。

ボクたちはもう引き返せないのか。

「勘違いするなアセッド。おまえの力は、そこまではない。過信した者の末路、思い知らせてやろう」

イラ様の突き放すような言葉が、アセッド様に背を向かせた。アセッド様は歩き始めながら言い放つ。

「待っているぞ、決戦の地で！」

その言葉は決裂を意味するんだろうか？

もうみんな協力し合うことはできないんだろうか？

その言葉に呼応するように他のキーブレード使いの子たちもいなくなる。

残されたのはボクとキミ、スクルド、そして、イラ様だけ。

「マスター・イラ」

スクルドが不安そうに問いかける。

「決戦の地とは――――何が起きようとしているのですか？」

「定められた刻がもうじき訪れる」

イラ様が答える。

「やはり、アヴァ様が言っていた……」

「もはや避けられん」

「そんな！ アヴァ様は言っていました、その争いに勝者はいないと。それなのに何故戦うんですか！」

「そうだな……勝者を作らないためだ」

イラ様はどこか悲しげにも見える。勝者を作らないための戦いに意味なんてあるんだろうか。ボクにはわからない。キミは膝をついたまま、ふたりの話をじっと聞いている。

「備えよ」

イラ様はボクたちにそう言うと、アセッド様とは別の方向へと歩き始める。そして、予知者様ふたりが去り、緊張が解けたのかキミは地面へと倒れ込んだ。

キミはまた夢を見ている。一体どこにいるのだろうか？ キミは遠くに人影を見つける。1、2、3……全部で9人。そして彼らが向かい合うのは真っ黒なコートを着た13人。でもみんな顔はわからない。もちろん何をしようとしているのかも。

そこに突然光が差す。大いなる光。真の光だ――


ボクはキミの寝顔を見つめている。ボクの隣でスクルドも心配そうに立っていた。

「大丈夫なのかな」

ボクの口から不安がこぼれる。

「うん、かなり体力使ったからね」

「ありがとう、スクルド」

一緒にここまでキミを連れてきてくれたスクルドに、ボクは感謝する。スクルドは微笑んで首を振る。

「それにしても、日に日に雰囲気が悪くなってる。あっちこっちで小競り合いを見掛けるわ」

「うん……」

「マスター様たちの様子はどうなの？　まぁ、さっきのが物語ってるとは思うけど……」

ボクはうつむく。ボクの知っていることはそう多くない。

「うん……もうみんなバラバラなんだ。何があったのかわからないけど、すっかりみんな変わってしまった」

「そう……やっぱりもう戦いは避けられないのね」

スクルドがあきらめたようにそう言ったとき、突然キミが口を開く。

「エフェメラは？」

「あ！」

ボクは驚いてキミの顔を覗(のぞ)き込む。いつの間に目を覚ましたんだろう。

「良かった！ 気が付いてたのね」

キミがベッドの上で横になったまま頷く。これで一安心だ。キミはもう一度スクルドに問いかける。

「エフェメラには会えた？」

スクルドはほんのちょっと視線を泳がせて、それから言葉を選ぶように話し始める。

「彼とはまだ会えていないけど、アヴァ様の指示で動いてるみたい。私もなるべく多くのキーブレード使いを最終決戦に向かわせないように説得してる。でも、ほとんどの人が世界の終わりなんて信じてくれなくて――それどころか、アヴァ様の不在に不安を感じたダンデライオンの士気も下がり始めてて……」

「アヴァ様は？」

気が急(せ)いているのだろうか？ キミが重ねて問いかけるとスクルドは首をふる。それを引き受けて、ボクはボクの知っていることを口にする。

「実は最近アヴァ様は行方不明で――――でも、グウラ様なら何か知ってるかもしれない。ふたりは仲良かったから」

じれったそうにキミが体を起こす。その気持ちもボクはわかってしまう。

「グウラ様に訊きに行こう」

――――定められた刻がもうじき訪れる。

イラ様は確かにそういった！　だけど。

「まだ休んでないと！」

ボクは必死に止める。キミはまだ完全には回復していないはずだ。

でもキミはベッドから降りてしまう。

「もう時間がない」

キミの言葉をしばらく考えた後、スクルドが頷いた。

「……そうね」

「でも――――」

でも、ボクは心配だ。キミが……。キミはボクの友だちだから。

「大丈夫だよ、チリシィ」

キミはボクの頭を撫(な)でる。

「うん……」

ボクは心配な気持ちのままキミに頷く。そしてボクたちは部屋を出る。

夜のデイブレイクタウンはあちこちにハートレスがいる。最近ますます増えた気がする。ハートレスを倒してルクスを集めれば集めるほど、さらにハートレスが増えていくみたいだ。

「こっちでいいの？」

スクルドに訊かれてボクは答える。

「グウラ様はあまり塔に来ることはなくて、街の空家に出入りしてるみたいなんだ」

そして塔の前の橋の下――このあたりにいつもグウラ様はいるはずだった。

「ここら辺だと思うけど、今いるかはわからないよ」

「ともかく入ってみましょう」

ボクたちは空家へと入っていく。中は暗くて、人の気配はない。

「静かだね」

ボクはあたりを見回しながら言う。そのときどこからか声が聞こえた。

「俺に何か用？」

その言葉とほとんど同時に、豹のマスクのグウラ様が姿を現す。

「グウラ様！」

ボクは驚いてしまい、少し大きな声で彼の名前を呼んだ。こんなにすぐに会えるとは。

「ルクス集めもしないでこんな所に来るなんて、おまえたち、アヴァのダンデライオンか？」

「あ、はい」

慌ててスクルドも返事をする。

「アヴァを探してるの？」

グウラ様はすべて知ってるよ、と言わんばかりだ。ボクは予知者様たちの底知れなさにドキッとしてしまう。それでもスクルドはしっかりと答えた。

「そうです」

「会ってどうする？　決戦に向かう状況を変えてほしいって頼むの？　いくらアヴァでも、そんなことは出来ない。それとも状況を聞くの？　それを知ったところで君たちは何も出来ない」

立て続けにグウラ様は言い放った。ボクたちのしていることの無意味さを諭すように。スクルドはそれでもまっすぐにグウラ様を見つめる。

「でも、何もしないで世界の終わりを待つなんて出来ません。なるべく多くの仲間を決戦から回避（かいひ）させる、それがダンデライオンの使命です」

「さすが、アヴァに集められただけはあるね。まるでアヴァみたいだ。いつも正しいアヴァ」

グウラ様はほんのちょっと視線を落として、独り言みたいに言う。最後の一言はアヴァ様に言ったんだろうか？

「でも、いくら正しくても世界を救うことは出来ない。もし可能性があるなら、マスターだけだ」

「マスター？」

今度はスクルドが問いかける。

「チリシィから聞いたことあるでしょ？　俺たち予知者と呼ばれる５人はマスター・オブ・マスターの弟子だった。この状況を変えられるとしたら彼しかいないよ」

主（カレ）はこの世界の頂点に立つ謎多き人、そしてボクの生みの親でもある。そうだ、主（カレ）なら何とかしてくれるかもしれない。

「そのマスターはどこに？」

すがるようにスクルドが訊いた。

「だよね？　そうなる。でも、マスターはある日突然消えたんだ。俺もアヴァもマスターを探そうとしたけど、何も手掛かりはない。唯一（ゆいいつ）、マスターの行方を知り得るとしたら、ルシュだ」

ルシュ様――

ボクはその名前に覚えがあった。

「知ってるの？」

スクルドに訊かれてボクは知っていることを答える。

「マスター・オブ・マスターの６人目の弟子。ルシュ様も、マスターが消えてすぐ、後を追うように消えたんだ……」

スクルドはまたグウラ様を見る。

「そのルシュ様も見つからないのですか？」

今の状況を変えるためには、主（カレ）に会える道を捜すしかない。少しでも希望を見出そうとしているスクルドを見て、グウラ様はクスクスと笑う。

「そうなるよね？　本当に君はアヴァみたいだ」

グウラ様はまだ笑っている。でも、ボクたちは必死だ。

「まさかアヴァ様は」

スクルドは気づいた。行方知れずのアヴァ様もまた――

「そう。ルシュを探している。マスターの行方を訊くためにね」

グウラ様はどこか悲しそうにも見えた。そして、何かの書物の一節を諳（そら）んじてみせる。

「不調和を許さず、運命を悲観し真の強さを見失う。真実を読み違え秘密に踏み込む……」

どういう意味だろう？　ボクにはわからない。スクルドとグウラ様は話し続ける。

「それは？」

「ロストページの一文――これが誰を指すものなのか……」

「それにどういう意味があるのですか？」

「その裏切者がこの世界を終わらせるきっかけになる」

グウラ様の答えにスクルドとボクは息を飲んだ。

――不調和を許さず
きっとみんながバラバラなのが嫌な人なんだ。

――運命を悲観し真の強さを見失う
でもこの方はきっとまじめで、相手を思いやれるのに、どこか弱いところがある人なのかな？

グウラ様は肩をすくめる。

「目ぼしはつけたんだけど、結局は止められなかったよ。実際、的外れだったのかもしれないしね」

「真実を読み違え秘密に踏み込む……どういう意味なんでしょうか？」

真実とはなんだろう？　それをどう読み間違えてしまうんだろう？　ボクにはわからない。

でもそれが、

――世界の終わり
大変なことに繋がってしまうなんて。

「続きがある」

グウラ様はボクたちから離れるように歩き始める。

「そしてその一振りによって、最後の戦いを告げる鐘が鳴る、遂に戦いが始まるのだ、定められた刻が――」

そして、その一節を語りながら、部屋の隅に置かれていた箱に腰掛けた。

みんな黙っている。ボクはどうしていいのかわからない。でも腑に落ちないことがひとつある。

「予知書の、そんな大事な一節を、ボクらに教えていいんですか……？」

「ダメだね。でも、もう戦いは避けられないし、それを知ったところで何も意味はないさ」

グウラ様があきらめたようにそう言った時、鐘の音が鳴った。

これが最後の戦いを告げる鐘――？

「ほら、始まった」

グウラ様がほんのちょっと声を立てて笑う。悲しいのかおかしいのか、わからないけれど。

「定められた刻……？」

スクルドがもう一度言った。今が……今がその刻なのだろうか？

「君たちも一度戻った方がいい。おそらく各ユニオンから招集がかかる」

グウラ様はそう言うと、そのまま、姿を消した。

その頃――デイブレイクタウンの外れ。人のほとんど訪れることがない丘の上にアヴァはいた。アヴァの視線の先には黒いコートを着た人物が草の茂った崖に足を投げ出して腰掛け、街を見つめている。

「やっと見つけたわ、ルシュ……」

「アヴァか……」

ルシュ、と呼ばれた彼はアヴァを振り向くこともなく答える。

「ずっと何をしてたの？」

アヴァがルシュに歩み寄り、いぶかし気にその背に問いかける。

「見てた」

しかし、その返事は単純なものだった。アヴァには意味がわからない。

「え？」

「俺の使命だから」

ルシュは街を見つめたまま答える。どこか諦念しているような声色で。

「あなたはどんな使命を？」

ルシュの行動がまったく理解できなかったアヴァは、単刀直入に訊いた。それでも返ってくるのは……

「見てろと」

「え？」

「ただ、見てろと」

——そう、全く同じ答えだ。

「どういうこと？」

アヴァは堂々巡りの問答にしびれを切らし、ルシュに詰め寄る。ルシュはゆっくりと立ち上がった。

「俺は5人と違い、予知書を授からなかった代わりに、その予知に書かれた先の時代へと進まなくてはいけない。この世界の終わりを見届けて旅立つんだ」

「え……？」

ルシュの使命を聞いたアヴァは声を失う。

いったいマスターの真意は？　戸惑うアヴァに、冷静にルシュが言う。

「アヴァは、キーブレード戦争を回避させたいんだろ？　だからマスターと同じく姿を消した俺を探していた、マスターの行方を知るために。でも、それは無理だよ。この世界は終わるようになってる、そういう話にね」

呆然(ぼうぜん)としたままのアヴァは、絶望の色をにじませながら——それでも声を絞り出す。

「ルシュ、何を知ってるの？」

ルシュがゆっくりとアヴァに歩み寄る。

「欠落した一片……アヴァたちの知らない予知。マスターの意思」

　アヴァは次々と語られる事実を、なんとか理解しようとする。

――それはつまり、

「マスターの意思？　こうなったのも、世界の終わりも、マスターの意思だと言うの？」

「俺の使命は、秘密を受け継ぐこと。そのためには欠落した一片通りにこの世界を進ませないといけない。マスターの意思は世界の行く末じゃない。俺が使命を果たすために行動し、見ている」

　近づいてきたルシュに、アヴァの体がほんの少し強ばる。

「……欠落した一片には何が書かれていたの？」

　そう問いかけられたルシュの口元は、ほんの少しだけ笑みに歪んでいる。

「ルシュ――あなたがこうなるようにしていたの？　あなたが、裏切り者なの？」

　ルシュはアヴァが辿りついた回答の正否を言わず、その手にキーブレードを出現させる。

　そのキーブレードは、はるか彼方の世界で彼が使っていたキーブレード――

　そしてルシュは何事かをアヴァの耳元に囁く。

「そんな――」

　突きつけられた真の回答に、打ち震えるアヴァ。

「そうさ、それが裏切り者の正体。君にこの真実が受け止められるのか？」

アヴァはフードの奥から、ルシュにじっと見つめられているような気がした。

「だから運命に従い戦うしかないんだよ。もしも別の答えがあるとしても、それは戦いの果てにある。マスターは世界の行く末より、我ら弟子が、鍵にどう導かれて行くのかを知りたいんじゃないかな?」

アヴァの表情が苦痛と驚愕に歪む。

「世界より私たち? そんなはずない! ルシュ……あなたはマスターの意思を利用している。マスターがそんなことを望むはずない!」

アヴァもまたその手にキーブレードを出現させた。


鐘の音が辺りに響き渡る。


マスターがルシュにキーブレードを授けた。

そのキーブレードをルシュは見つめる。マスターは椅子に座って文机に右ひじを乗せ、その様子を眺めている。ルシュとマスターは同じ黒いコートを身につけていた。マスターの方が背が高く、椅子に座っていることでちょうど目線の高さが同じになる。

「見つめる目？」

剣先の部分に、眼球と思しきものが装着されたキーブレード。目玉に似せた宝石かなにかだろう、とルシュは思った。

「そういう名前じゃないよ」

笑いを含んだ声でマスターが答えた。

「あ、違うんですね」

ルシュはどこかホッとしたような様子を見せた。

「うん、名前は無いな」

マスターがあっさりとそう言う。

「ノーネーム……」

ルシュは真剣な面持ちでキーブレードを見つめる。

「まぁ、それはどうでもいいんだけど、君に与えたそのキーブレードは、俺の片目を用いて作ったのよ」

ルシュはその言葉に、のけぞりながら思わず声を出してしまう。

「え？」

マスターが心外そうにルシュに訊く。

「今、キモっ！ って思わなかった？」

「いえそんな……」

尊敬するマスターに対し、必死で否定するルシュ。

「まぁいいよ。ともかくそのキーブレードが、君の弟子から弟子へと受け継がれ、はるか先の未来まで見つめ続ける我が目となるワケよ」

マスターは壮大な構想を事もなげに口にする。

――ルシュは理解した。

「……予知、書？」

導き出した答えに、マスターは人差し指を立てる。

「正解！」

そしてその指をルシュに向ける。

「俺が未来を書き綴った予知書は既に存在する。つまり、ちゃんと君は先の時代まで弟子を育て、そのキーブレードを継承し、使命を果たしたって事さ！　はい拍手！」

マスターは未来にルシュが果たすであろう功績を讃え拍手をするが、ルシュは驚いたままキーブレードを見つめるだけだ。

「なになに？　何でそんなキョトン顔なのよ。君、すごい事したんだよ？」

そういわれても、とルシュはますます戸惑いを隠せなくなる。

「何と言うか……実感が……」

讃(たた)えられる理由も達成感も、何ひとつないルシュが答える。

「だよね？　まだ何もしてないもんね？　まぁ、そういうワケで、君は他の5人とは違って、先の時代に進んでもらわなきゃいけない。だから、予知書の写しも渡せないのよ。君が未来の事知ってたら、パラドックス的なマズイ事になりかねないから」

だが、ルシュにはともに修行に励んだ仲間がいる。

「俺だけが先の時代へ？　他の5人は……」

ルシュが問いかける。それを軽くマスターは笑う。

「まぁまぁそこは気にしなくていいから。ともかく君はそのキーブレードと、この箱を持って、身を隠して」

マスターが取り出したのは黒い箱だった。その箱は大きく、ルシュがようやく抱えて歩けるほどの大きさだった。箱のまわりには銀色の装飾がほどこされ、持ち手もついていた。

「後は5人にこれから起きる事をちゃんと自分の目で確認すればそれが合図だから、君は旅立って使命を果たしてください」

「この箱は？」

ルシュが黒い箱を見つめる。何が入っているかわからない、秘密の箱であることは間違いない。マスターに託されるものに特別な意味がないわけがなかった。

「やっぱり気になっちゃう？　でもなぁ……中身はなぁ……これ、絶対開けちゃいけないやつなんだよなぁ……」

「余計気になりますよ」

いつものようにおどけて言ったマスターに、ルシュは言い返す。大事なことを告げるときほど、マスターはふざけることが多かった。だからきっとこれも。

「じゃあ、特別に君にだけ教えるから、この先絶対開けちゃダメだし、中身を他言するのもNGね」

「わかりました」

マスターにルシュは近づく。するとマスターがフード越しにルシュの耳元に、ある言葉を囁く。その言葉に思わずルシュは息を飲み、マスターを見上げる。

「なぜそんな？」

ルシュの問いかけに、マスターはまた意味ありげに笑う。

「サプラ〜イズ」

またふざけながら言ったマスター。

でも、まさか、そんな。

ルシュは戸惑いを隠せないまま、マスターを見つめる。

第9章

グウラの隠れ家から橋の上に出たボクたちは、何を話していいのかわからなかった。

街全体がどこかざわついていて、いつもとは雰囲気が違う気がした。

「ともかく、私はダンデライオンの仲間の元に戻るわ。キミも来ない?」

スクルドの言葉にキミはうつむき、それから首を振った。

「そう、わかった。でも戦いに参加しないでほしい。私たちと共に外の世界に旅立ってほしい。エフェメラも、きっとそれを望むはずよ。考えてみて」

そう言われてキミは弱々しく頷く。

この避けられない運命を迎えるときにキミが何を選ぶのか――ボクにもわからなかった。

「じゃあ――またね」

スクルドがさみしそうにキミに手を差し出す。キミはその手を握りしめる。キミは笑顔だった。つられてスクルドも笑顔になる。やがて手を離すと、スクルドは走り去る。

ボクは不安でたまらなくてキミを見上げる。

「大丈夫なの?」

キミが頷く。

ボクは、キミの選択を信じるしかないんだ。

「わかった……じゃあ、部屋に帰ろう」

ボクも頷いて、家へ向かって階段を上り始める。ゆっくり体を休めないと、きっとこの先を戦い抜けない。

戦うことがいいことなのかはわからないけど。

そのとき、キミが口を開いた。

「チリシィ……」

「え？」

ボクはキミを振り返る。

「もし、俺が消えたら、チリシィはどうなるの？」

それは特別な質問だった。普段あまり喋(しゃべ)らない、キミの大切で、特別な質問。

ボクはうつむく。

「消えるの？」

「うん……」

「そうか……」

ボクが消えることなんかより、キミが消えることの方が悲しかった。キミは本当に――

「チリシィはどう思う？　俺はどうすればいい？」

キミはうつむいたまま、苦しそうに言った。

「ボクは、キミに消えてほしくない。予知者様の意思に反してしまうかもしれないけど、使い魔としてじゃなく、友だちとして、キミには戦いに参加してほしくない」

ボクは答える。本当の気持ちを。

だってボクたちは友だちだから。ボクはキミに駆け寄った。

そしたらキミはボクを抱き上げる。そして抱きしめてくれた。

「ありがとう……」

キミが言う。お礼を言いたいのはボクの方だった。

でも――

「あれれ？　戦いへの参加はやめちゃうの？」

階段の向こう、上った先から声がした。ボクたちは離れて、声のする方角を見つめる。

そこにいたのは、黒いチリシィだった。

「ダンデライオンに入って、戦いから逃げるのかい？」

「また君か、ダンデライオンは逃げるんじゃない」

ボクは黒いチリシィに答える。

でも黒いチリシィは言う。

「ああ、未来にキーブレード使いを繋(つな)ぐんだっけ？　そう言えば確かに聞こえはいいけど、結局多くの仲間を見捨てちゃうんでしょ？」

「何者なんだ」

キミが訊いた。黒いチリシィはくすくすと笑う。

「キミたちはある時から、バングルによってこの世の〝罪〟を集め始めた、罪という闇を力に変え始めたんだ」

「罪？」

キミが訊き返す。

「そう、キミたちは〝ギルト〟とその名を置き換えて、闇の力を使っていたんだよ」

「そんなはずない……」

ボクは呟く。ギルトが闇の力だなんて聞いたことがない。黒いチリシィは意地悪な声音で続ける。

「大丈夫だよ。これもボクらを作ったマスターの意思、それはわかるでしょ？」

「違う、あのバングルは、罪を集めて光へと浄化させるために……」

ボクは必死に弁明する。ボクが聞いた説明そのままを。

それでも黒いチリシィは笑い続ける。

「じゃあボクの存在はどう説明する？　何故ボクが生まれたの？　マスターはそんなことも予測出来てなかったの？」

笑いながら問いかけた黒いチリシィ。ボクたちはうつむく。

まさか――まさかそんなはずはない。

「ここまで言えば、ボクが何者なのかわかったよね？　そう、ボクはキミの闇から生まれた。ボクはキミのチリシィだよ」

その告白の間に黒い彼は、路上から家の屋根へと一瞬で移動する。ボクたちは驚いて顔をあげる。

「ウソだ！」

ボクは叫ぶ。キミの使い魔はボクだけのはずだ。

「こんな時にウソを言っても仕方ないだろ？　あ、ボクはそのチリシィと違って、ずっとキミの傍にいるわけでもないし、ボクはボクの意思で行動する」

黒いチリシィがそう言うと、黒い翼を持ち、黒い服を着た化け物たちが3匹、姿を現した。彼らとはもう、一度戦ったことがある。

彼らは――闇に落ちたキーブレード使いたちだ。闇の者たちがボクらを取り囲む。

「いったい何を!?」

「最終決戦に参加しないなら、夢はボクが見せてあげるよ」

黒いチリシィは言い放った。

すかさずキミがキーブレードを出現させる。

「君が本当に彼のチリシィなら、どうして！」

ボクはそれでも魔物に背を向け、黒いチリシィを問い詰めないではいられない。

キミが消えればボクは消える。この黒いチリシィがキミのチリシィだとしたら、彼も同じように消えるはずだ。

でも彼は笑ったままだ。

「キミたちスピリットと違い、ボクたちナイトメアは悪夢を見せる存在。それによって繋がりを断ち、自由に生きるんだ」

「スピリット……ナイトメア……」

主（カレ）からは確かにナイトメアのことは聞いていた。でも――ボクたちチリシィに関わる真実にボクは戸惑う。ナイトメアは自由――

その後ろでキミの戦いがすでに始まっていた。

動き回る黒い魔物からの攻撃を必死にキミは受け止め、撥（は）ね返す。

こいつらはスクルドと一緒にいたときに、戦ったのと同じ奴らなのかな？　それともまた違うキーブレード使いが闇に落ちたのかな？　あのときよりすごく強くなっている気がする。その分キミも強くなっているけど。

キミがキーブレードから魔法を放つ。それは光の弾となって彼らにぶつかる。彼らは撥ね飛ばされ、そのまま動かなくなった。

「強くなったねぇ、嬉しいよ」

黒いチリシィがそう言いながら再び屋根から路上に戻ると、ぐったりしていた魔物たちの体が浮かび上がった。黒いチリシィも同時に浮かび上がりながら、じわじわと闇色のオーラをまとい始める。

「じゃあ、本番だ」

彼らの体が黒いチリシィに吸い寄せられたかと思うと、闇色のオーラに飲み込まれていく。

そしてゆっくりと、大きく黒いチリシィの体が膨らみ、もはやボクたちチリシィとは似ても似つかぬ姿——黒い羽と巨大な腕、腕の先には凶悪な爪、オオカミのような風貌に備わった顎にはびっしりと鋭い歯が生え並ぶ禍々しい姿——をした化け物になった。

ボクたちは息を飲む。

その体にまとった闇色をしたオーラから黒い光が放たれ、キミをすごい勢いで襲う。キミはそのうちのひとつをキーブレードで撥ね返し、それから黒いチリシィの懐に走り込む。キミの一撃が黒いチリシィの羽を傷つける。でも、黒いチリシィは羽ばたくように上空にあがり、勢いをつけてキミに向かって降下する。

彼は圧倒的な強さだった。さっきまでの3人とは全然違う。もしかすると、予知者様たちより強いかもしれない。

これが闇の力——キミが集めてしまった闇の力なのか。

ボクはスピリット。黒いチリシィはナイトメア。どこでどう道を間違えてしまったんだろう。ボクにはわからない。どうしてキミが闇を作り出してしまったのか、いったい誰にどんな目的があったのか。

キミの渾身（こんしん）の一撃が黒いチリシィにぶつかる。

それは罪（ギルト）の力なのか、それとも光の力なのか。ボクにはわからない。でもボクはキミに消えて欲しくない。ボクも一緒に消えてしまうからじゃなくて、キミに生きて欲しいんだ。

黒いチリシィが動きを止める。そして元の姿に戻っていく。地に落ちたその体からは闇色の靄（もや）のようなものが立ち上っている。

「これで繋（つな）がりは絶たれた……」

黒いチリシィが言う。ボクはそっと黒いチリシィに近づく。そして問いかける。

「キミは消えるの？」

「今はね……また、別の夢で会おう……」

そう言い残し、黒いチリシィはゆっくりと消えていく。闇色の何かとともに。

別の夢――それはいったいなんのことだろう。

――そして数日後。ボクたちは後にキーブレード墓場と呼ばれる荒野にいたんだ。

たとえ、どんなに絶望的な状況でも、人は一縷の夢を、希望を、最後の瞬間まで信じたいと願う。そう――きっとキミはそう願ったからここに立つことを選んだんだ。

周りを見渡すと、それぞれの予知者様たちが各ユニオンのキーブレード使いたちを集め、何か話をしている。

ボクたちになす術はなかった。戦い――予知書に記された最後の戦いが始まるんだ。

予知者様の言葉は全く耳に入らなかった。これから何を始めようと語っているのか、目の前で何が行われようとしているのか。

キーブレードを掲げ、みんなが声をあげる。そして走り始める。

いったい何が始まるのか――いや終わってしまうのか。

異常なまでに高揚した空間に圧倒され、視覚も聴覚も断片が鮮明に焼き付く。

この戦いの意味を考える間もない。これまでの様な異形の魔物じゃなく、目の前に立ちはだかる敵は――かつての仲間。

そして倒れたキーブレード使いたちから浮かび上がる無数のハートたち。それが空へと舞い上がっていく。

雨が降り始める。

キミが空を見上げる。

雨に交じってキミの頬を濡らすのは涙だ。

「まだ、最後じゃない」

キミが呟く。そんなキミの前に現れたのは、アセッド様だった。キーブレードを担ぎ、キミをにらみつけている。

「おまえか!!」

アセッド様は、有無を言わせずキミに向かって駆け込んでくると、キーブレードを振り下ろした。そのすさまじい風がボクたちの頬を掠める。

「おまえは失格だと言ったはずだ!!」

アセッド様の非情な宣告に、反発するようにキミがキーブレードを構える。

「ほお、戦いを望むか？　その根性、我がユニオンにほしいな」

そう余裕の一言を残して放った一撃が、キミを吹き飛ばす。

でもキミはあきらめない。

必死に立ち上がり、そこから跳躍する。アセッド様に比べて細いキミの腕が握るキーブレードが、アセッド様の体を掠める。アセッド様が後ろに飛び、それをキミが追いかける。キミは立て続けにキーブレードをアセッド様に振り下ろし、それをアセッド様が受け止める。そしてふたりの体が離れた。

「素晴らしい！　合格だ！　おまえは強い！　強いぞ！」

アセッド様が愉快そうに笑いながら言う。

アセッド様ってこんな風に笑う人だったのか。ボクにはもうよくわからない。

「だからこそ、ここで消そう！　いずれ脅威と成りかねん！」

キーブレードがこれまで以上の力強さで振り下ろされ、それをキミは必死に避ける。追いかけてくる攻撃を、何度も何度もキミが避ける。どうしても反撃のタイミングが見つからない。

そう思ったとき、アセッド様の攻撃が何者かのキーブレードによって食い止められた。

イラ様だった。

「イラ――‼」

「決着だ」

突然攻撃を止められたアセッド様が、イラ様をにらみつける。イラ様がちらりとキミを見たかと思うと、次の瞬間には大きく跳躍していた。それをアセッド様が追う。ふたりの姿が荒野の果てに消えていく。

見送ったキミが、崩れるようにその場に座り込む。

周りでは、まだたくさんのキーブレード使いたちが戦っている。

「まだだ……」

キミはそう呟くと、誰かを見つけたのか走り出す。キミの目的はグウラ様だった。

「あ、この間の……」

グウラ様はキミを指さしながらそう言った。周囲ではたくさんのキーブレード使いたちが必死に戦っているのに、グウラ様はいつも通りどこかのんびりとしていた。

「何かもうボロボロじゃない？ 大丈夫？」

グウラ様が訊く。確かにもうキミは疲労困憊(ひろうこんぱい)している。でもキミは頷く。

「そうか、じゃあやれるね？」

グウラ様がキーブレードを軽く振り下ろした。キミもキーブレードで答える。

「そうそう、ここ戦場だからさ」

その口元を笑みに歪(ゆが)ませて、グウラ様が一気にキミとの距離を詰める。グウラ様の動きはとにかく軽やかで、そして速かった。キミはそれについていくので精一杯だ。

それでもキミはグウラ様のキーブレードを受け止め、そして反撃に転じる。華麗とも言えるステップで荒野を跳ねるグウラ様に必死についていく。キミが魔法を放ち、グウラ様が受け止める。

「ヤバ、強(つよ)！ 本気出さないとマズい相手なら俺はパスだわ」

グウラ様はそう言うと、キーブレードを収める。

「じゃ、またどっかで会えたらね」

そして、その軽やかさと速さは衰えないまま、あっという間にどこかへと立ち去った。

キミはまたその場に座り込む。周りでは変わらない光景、たくさんのキーブレード使いたちが戦い、傷つき、倒れていく。そして体からハートを浮かび上がらせ消えていく。

キミはハートに震える手を伸ばす。でもそれはキミの手をすり抜け、空に舞い上がる。

「ダメだ、行っちゃダメだ……」

キミはハートが吸い込まれていく先、それを嘆くように雨を落とす天を見上げる。いくつものハートが暗い雲の中に消えていく。

「君か……」

そう声をかけてきたのはイラ様だった。アセッド様を見失ってしまったのだろうか？　それともう決着がついたあとで、キミと同じように空を見上げていたんだろうか？　イラ様は今、何を考えているんだろう。

「せめて静かに送ろう……」

イラ様はキーブレードを構えることもなく言った。

キミは必死に立ち上がり、キーブレードをその手に握りしめる。そしてイラ様の元に駆け込んでいく。イラ様はただキミの攻撃を避けていく。なんでもないみたいに。キミは必死にイラ様を追う。

キミのキーブレードがイラ様を捉えた、と思った瞬間、ようやくその手に現れたイラ様のキーブレードによって吹き飛ばされる。キミの体が荒野に叩きつけられる。でもキミはまた立ち上がる。

「よくここまで成長した――惜しい、本当に惜しいキーブレード使いだ……」

キミにゆっくり歩み寄ったイラ様が、キーブレードを振りかぶる。

今度こそもうダメだ、そう思ったとき、イラ様の後ろから襲いかかったのは――アセッド様だった。

イラ様は振り返り、アセッド様のキーブレードを受け止める。

「この時を待ちわびていたぞ……イラ」

ふたりのキーブレードが何度もぶつかり、火花が散る。

「おまえという奴は……！」

アセッド様の強い一撃を受け止めたイラ様は、初めていらだちを少し顔に表した。

「俺が新たな主として、世界を創り直してやる！」

アセッド様が叫んだそのとき、イラ様の雰囲気が変わる。

「おまえさえ調和を乱さなければ！」

イラ様の一撃がアセッド様に襲いかかる。ふたりは激しく競り合ったまま、再びどこかへと飛び去っていく。

キミはもう何度目だろう？　もう限界のはずだ――静かに地面へと倒れ込む。その地面には持ち主を失ったキーブレードがいくつも突き刺さり、宙に向かっていくつものハートが舞い上がっていく。

雨はどんどんと強くなり、キミの体を濡らす。

キミの呼吸は荒く、苦しげだ。

キミがキーブレードを地面に突き刺し、それを支えに立ち上がる。

そしてまたゆっくりと歩き始める。その先にいたのは――

「君は……」

アヴァ様だった。

「ずっと探してました」

キミが口を開く。するとアヴァ様がキミから目をそらした。

「何故アヴァ様がここにいるんですか？　あなたは戦いを回避させるために――」

その言葉にアヴァ様はうつむいたままだ。でもキーブレードをキミに突きつける。

キミは息を飲む。

「……構えなさい」

「なにがあったんですか……」

キミの問いかけに、アヴァ様は顔をあげると叫んだ。

「構えろと言っている！」

その叫びと同時に、アヴァ様がキーブレードを振り下ろす。

放たれた魔法がキミにぶつかる。キミは必死に堪(こら)える。キミがさらにボロボロになっていく。

それでもキミは顔をあげる。そしてアヴァ様目がけ走り出す。キーブレードを振り下ろす。アヴァ様がそれを受け止める。弾かれてふたりの体が離れる。

キミは肩で息をして、本当に苦しそうだ。

でもキミはあきらめない。またアヴァ様に向かって駆け込む。振り下ろされたキーブレードをアヴァ様が受け止め、またキミは弾かれる。それを何回繰り返しただろう。

「どうして」

キミが荒い息の下から言った。今にもキミは倒れそうだ。

「知るべきじゃない秘密もあるわ――君もここを離れなさい、ダンデライオンと共に」

キミにそう言うと、アヴァ様はキーブレードを収める。

そしていずこかへと歩き去った。キミはもうそれを見送ることしかできなかった。

それも束の間、キミは倒れ、目を閉じてしまう。

ボクはキミに駆け寄る。

ボクはキミの胸にすがりつく。

「もういいんだよ、もういい……」

キミがゆっくりと目を開いた。キミの吐く息は弱い。キミの手がボクの頭を撫でる。

そのとき、雨が止んだ。雲の切れ間から光が差し込む。

荒野には無数のキーブレードが突き刺さっている。

キーブレード使いたちはもうほとんどいない。

——やがて

遠くからひとつの影が近づいてきた。

「女神……」

キミが呟く。キミには彼女の姿がそう見えたんだろうか。

朦朧（もうろう）とした意識の中で。

もうキミは何も見えてないいんじゃないだろうか？　ボクがそう不安になったその時——

「スクルド……」

キミが彼女の名前を呟く。ほんのちょっとだけ笑顔になる。

そして、スクルドがキミの名前を呼んだ。

キミの瞳から涙があふれる。

もうひとつの人影を見つけたからだ。

「約束……破った……」

そこにいたのはエフェメラだった。

「やっと会えたな」

エフェメラが笑顔で言った。キミが笑う。

そうだね、ようやく会えた。

「遅い……」

「ああ、悪かった……」

エフェメラがキミに手を差し伸べる。キミがエフェメラに手を伸ばそうとする。

「一緒に行こう」

倒れているキミ、そしてそれを起こそうとするエフェメラ。

世界は光に包まれ——何もわからなくなる。そう、何も。キミはもう何も覚えていない。

見るのはほんの少し怖い夢だ。

キミはほんのちょっとだけ眠りにつくんだ。

キミが目覚めたとき、その世界がどんな世界なのか——

キミの目に映る世界が、望む世界になっているのか——

それを決めるのはキミなんだ。

エピローグ—Unchaind χ—

雨が降っている。

たくさんのキーブレード使いたちが、敵味方に分かれ戦いを続けていた。

見覚えのある子たち、言葉を交わしたことのある子たち。

みんな一生懸命任務に励(はげ)んでくれていた。

なぜこんなことが。

なぜこうなってしまったのか。

私は一人荒野を歩いていた。


まだこんなことが起こるなんて信じていなかった頃、私はマスターからもうひとつの使命を受けた。ダンデライオンの結成とともにもうひとつ。


「ユニオンリーダー？」

今この世界で、私を含めた5人が任されている役割だ。

「そう、ダンデライオンだけになってもユニオンを維持(いじ)出来る5人を選ぶんだ」

5人。それは私たちの数と同じだった。でも——

「維持する必要があるんですか？」

同じ目標を持っている筈のキーブレード使いを、ユニオンに分けて管理する。その重要性が私にはわからなかった。自分の属するユニオン以外のキーブレード使いとは交流もなくなり、反発しあう可能性もあったからだ。ましてやこの先の未来、別の世界においてならなおさらだ。

「あるさ～ユニオンが必要ないなら、君たち5人を否定することになるだろ」

しかし、マスターは未来の世界でも必要だと思っていたようだった。もちろん、私に否はない。

「それに、ユニオンリーダーたち5人以外には、もし全てが消滅してしまっても、そのことは秘密にするんだ」

「え？」

そんなことを私はまだ信じていなかった。でもマスターは、それが当然のことのように続ける。予知は絶対で、抗えないものなのだろうか？　私はそう思った。

「悲劇の記憶は先の時代に必要はない。ここことは別の世界で、悲劇のない時間を追体験してもらうんだ」

「そんなこと出来るんでしょうか？」

悲劇の記憶――――この時はまだ、予知だけがされている近い未来に起こる争いの記憶。

「出来るってことになってるから大丈夫。まずは、この5人」

マスターに渡された紙には、５人のキーブレード使いの名前が記されていた。何人かは知っていた。

「そこに書かれた５人をダンデライオンに加え、来たるべきタイミングでリーダーに任命して」

その中にひとり、特に指定がある名前。

「この、赤で丸をしている子は？」

「うん、その子にだけ、いずれ予知書を引き継いでほしいんだ」

「え？」

「予知書によって、色んな先の世界を今の世界に形成してるからさ、それがないと追体験出来なくなっちゃうでしょ」

予知書はただ未来を予言しているだけじゃない。この世界に未来の世界（ワールド）を、仮想（かそう）だけど現出させている。

私はマスターに訊き返す。

「でも、危険ではないのでしょうか？」

「うん、その赤丸の子以外が見ちゃうと危険かもね。だから、その子にだけ秘密で渡さないと」

「……はい」

私は未来に起こることが記されている書物を手に、頷くことしかできなかった。

気が付くと私の目の前にはあの男の子がいた。そう、確かエフェメラと親しかったアングイスに所属していた子だ。

「君は……」

何度かキーブレードを交え、何度か語り合い、ダンデライオンにも誘ったとても優秀な子だ。

結局この子はこの戦場に残ることを選んだのか。

彼はキーブレードを地面に突き刺し、それを支えにかろうじて立っている。

「ずっと探してました。何故アヴァ様がここにいるんですか？　あなたは戦いを回避させるために――」

私を探して彷徨っていたというのか！　でも――私にはもう答えられない。

「……構えなさい」

「なにがあったんですか……」

その問いかけに私は思わず叫んでいた。

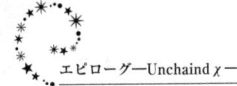

「構えろと言っている！」

私の前には、ダンデライオンのユニオンマスターに選ばれたキーブレード使いのうちのひとり、エフェメラが立っていた。

ここはデイブレイクタウンの外れ、街を見下ろす丘の上だ。

私はまるでマスターが私にしたように、エフェメラに話をする。

「これは5人だけの秘密の話――――全て終わってから、彼の地で待っていてください。あなたの他に4人現れ、5人が揃(そろ)います」

すでに他の4人にも話はしてあった。

エフェメラに話しながら、私の心はまだほんの少し揺らいでいた。

本当に避(さ)けられないの?

でも私は、私の心に反してエフェメラに告げる。

「もう消滅は避けられません」

エフェメラが顔をあげる。

私はさらに続ける。

「私たち5人のマスターもおそらく……」

「いきなりユニオンマスターなんて大役、無理ですよ。しかも消滅とか冗談キツいですって」

エフェメラが驚いて抗議する。彼のいいところは、こうやって私にちゃんと反論するところ。

私はマスターに反論なんてできなかった。

「時間がありません。これからは、あなたたちだけになるんです。誰かが皆をまとめて行かなければ光が途絶えてしまいます」

私はマスターに言われたとおり、エフェメラにそう宣告する。

「でも……」

エフェメラは迷っている。当たり前だ。急にこんなことを言われても納得できるはずがない。

かつての私がそうだったように。

「あなたを含め5人、ダンデライオンから選びます。その5人がリーダーとなり、今後各ユニオンを率いて、皆を導いてください。5人いるんだから少しは気が楽でしょう」

「5人ですか……」

私はエフェメラに1冊のノートを渡す。

「あなたたち5人が、今後ユニオンを率いる上で、必ず守らなければならない掟が書かれています」

エフェメラは不満そうにそれを受け取る。

「どんどん話が進んでますけど、まだ消滅とか、リーダーとか、何も納得してませんからね」

「納得出来なくても聞いておいてください」

今の私はそうとしか言えない。なぜならこんな結末、私自身が納得していないから。

「……はい」

エフェメラがしぶしぶ頷く。

「あなたに今お願いしている、他の世界での準備。もうすぐそこにダンデライオン全員に移動してもらいます。そこではここと同じ経験を追体験してもらいますが、消滅の未来のない世界が続きます」

もうひとつの世界は、予知書に書かれたこの世界のコピーだった。

異なるのは予知者がいないこと、そして世界が消滅しないこと。

予知者の代わりに5人の新たなユニオンリーダーがいるということ。

「上書き、ってことですか?」

「そうなりますね。ダンデライオンのメンバーには消滅の記憶を消してもらい、世界を先の時代に繋(つな)いでもらわないといけません」

彼は少し驚いたようだ。

「皆には消滅はなかったことに?」

エフェメラは俯(うつむ)いている。納得がいっていないようだ。

「悲劇の記憶は必要ありません。皆に悲しみを引き摺(ず)ってほしくはないのです。だから、このことはあなたたち5人の秘密です。各メンバーのチリシィに協力してもらってください」

「たとえ悲劇でも、それを胸に先に進むべきでは？」

エフェメラが顔をあげて言った。

そうだね、本当はそうするべきなのかもしれない。でも。

「……さすがエフェメラ君だね。でも、その最後の瞬間に立ち会っても、そう思えるかな？」

最後の瞬間――本当にそんなものが来なければいいと私はまだ願っていた。

でもそれは確実にやってきた。

皆が争うその最後の瞬間、私は何をしてるんだろう？

そう思っていた。

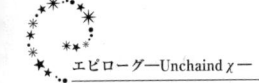

私はキーブレードを振り下ろしていた。
放たれた魔法が彼にぶつかる。彼は必死に堪える。彼はすでに疲弊していた。それでも彼は顔をあげる。そして私に立ち向かって来る、私にキーブレードを振り下ろす。私はそれを受け止める。弾かれて体が離れる。
彼はあきらめない。また私に向かって来る。振り下ろされたキーブレードを受け止め、また弾き返す。それを何回繰り返しただろう。

「どうして」

彼が荒い息の下から言った。

「知るべきじゃない秘密もあるわ――キミもここを離れなさい、ダンデライオンと共に」

私はそう答えていた。この子はここで消えるべきではない。この子には闇に打ち勝つ光の心がある。私はキーブレードを収めていた。

そして――どこへ行けばいいと言うのだろう。


風に乗って遠くまで飛んでいって……

ダンデライオン

戦いが終わったその世界に、青空が広がっていた。

数え切れないほどのキーブレードが荒野に突き刺さっている。キーブレードの数はそのまま、消えていったキーブレード使いの数。

エフェメラはその空を見上げ足を止める。

あの戦いの日は雨だった。今は青い空。

崩壊後の世界はいつも曇天なのかと思っていたけれど、本当はこんな優しい風が吹き、どこまでも澄み渡る青空が広がっているのかもしれない。

そして世界は滅んでいない。

エフェメラが立っているのは、キーブレードでできた十字路だった。

ここが約束の場所だ。

「私が2番かな？」

後ろからかけられた声に、エフェメラは振り向く。その声には聞き覚えがあった。

「スクルド……君か」

「不服？　私はエフェメラはいると思ってたよ」

スクルドは笑顔で答える。

「いや、大戦の直後、君とは一度ここに来ただろ？　まさか君もリーダーに選ばれてると思わなかったよ」

エフェメラがそう言うと、スクルドは肩をすくめた。

「ここに5人が揃う刻が来るまでは選ばれていることは秘密の話だったからね」

「まあな」

スクルドの言葉に、エフェメラも頷く。

スクルドはアヴァの言うとおり、秘密を守ったということだ。

「それより、あと3人は誰なんだろうね」

「さぁ？　スクルドがここに来るまでは、アヴァ様の話も半信半疑（はんしんはんぎ）だったし、誰が来るんだろうとか考えもしなかったよ」

エフェメラはそう言うと、荒野の果てを見つめる。そこに人影があった。

「あ！　誰か来た」

スクルドが思わず声をあげ、人影に駆け寄る。

「君で3人目ね。私はスクルド、よろしくね」

「あ、うん、よろしく」

そう伏（ふ）し目がちに答えた彼は、金色の髪をしていた。短くしている髪はクセが強い。少しおとなしそうな印象を受ける。彼がキーブレードを手に戦っているところがあまり想像できない。

エフェメラも彼に歩み寄り、声をかける。

「君もアヴァ様から？」

「うん、全てが終わったらここに来るようにって……5人のひとりになってほしいからって」

「そうか、俺はエフェメラ、よろしくな」

そう言いながら手を差し出すと、彼はエフェメラの手をしっかりと握りしめた。

「俺はヴェントゥス、ヴェンでいいよ」

ヴェントゥス、と名乗った彼は、はにかむように答える。

「ふたりはもしかして知り合い？」

「一応顔見知りってかんじかな」

ヴェンの問いかけにスクルドが答え、エフェメラを見て微笑む。

「そうか、俺はずっと野良だったから、うらやましいな」

「私も同じようなものだよ、結局ね」

スクルドが歩み寄る。彼女もエフェメラと一緒に行動した時間は、そんなに長くはないのだ。

「でも、俺なんて特別何か凄いわけでもないし、どうして選ばれたのかわからないんだよね」

ヴェンは自信なさげだ。

確かに——自分たちが選ばれた理由は、なんだろう？。

エフェメラは考える。自分は他のキーブレード使いと違って、疑問を抱えながら色々なことをしていた。だから選ばれたのだろうか？　そうだとすれば、スクルドも同じだ。

でも他のリーダーたちは——？

今目の前に現れた、ヴェンと名乗る少年の姿に見覚えはない。顔を知っているキーブレード使いはたくさんいた。力のあるキーブレード使いは噂になる。でもヴェンはそうじゃなかったみたいだ。

「それはアヴァ様に何か考えがあったんじゃないかな？」

ヴェンの疑問に、スクルドはこう答えるしかなかった。

「う～ん……アヴァ様ともそんなに話したことないし、実際どういう方なのかわからないんだよね」

「話しやすい人だったよ」

エフェメラは懐かしそうに、そう言った。今はどうしているのかわからない。

本当にみんな、消滅してしまったのだろうか。

「エフェメラは誰にでもそうでしょ？」

「そんなことないよ」

笑いながら言うスクルドに、エフェメラがすぐ否定する。

「やっぱり仲間ってうらやましいな」

ヴェンがそのやり取りを見て、ぽつりと言った。エフェメラとスクルドは顔を見合わせる。

「何言ってんだよ、ヴェンも仲間だろ」

「うん！」

エフェメラがそう言うと、ヴェンの顔から笑みがこぼれた。

「仲間か、いいね～」

新たに入ってきた声に、３人は振り返る。

少し長い黒髪に、黒いハットを被った少年が立っていた。黒い服装とその立ち姿からは、どこか強い意思を感じさせた。白い歯を見せて、爽(さわ)やかな笑みをいたずらっぽく浮かべている。

「あなた、4人目？」

スクルドが問いかける。すると彼は頷きながら名乗った。

「俺はブレイン、よろしくな」

そして歯を見せて笑う。

「俺が最後かと思ったんだけどなぁ、もっとマイペースなヤツがいるのか」

「そうだな」

あきれるブレインに、エフェメラも笑って答える。するとブレインは、いきなり切り込むようにエフェメラに問いかける。

「で、5人のリーダーは君なの？」

ほんのちょっと息を飲んでから、エフェメラは笑顔のまま答える。

「いやぁ、そんなの決まってないよ。とりあえず5人揃(そろ)わないと」

「なるほど。ところで、あの掟ってやつは絶対なのかな？」

さらにブレインは問いかける。それにはスクルドが返す。

「それは、掟だから――」

「ふ〜ん……スクルドは真面目な子なんだねぇ。まるでアヴァ様だ」

ブレインが肩をすくめると、同じようにスクルドも肩をすくめる。

「ふたり目、それ言ったの」

スクルドはそう指摘し、ほんの少し遠い目をする。

「アヴァ様ってスクルドに似てるんだ！」

ヴェンが加わった。ダンデライオンを組織した予知者アヴァとそれほど接したことのない彼は、何を基準に選ばれたのか？　ほかのメンバーは少し疑問に思ったが――

「そんなに立派じゃないなぁ～」

少し混ぜっ返すように、エフェメラがスクルドをからかった。

「ちょっとー！」

怒るスクルドにみんなが笑い合い、その疑問も流された。ひとしきり笑い合った後、ブレインがおもむろに口を開いた。

「でもさ、本当に信用しちゃっていいのかな？　たとえば、消滅の事実は5人だけの秘密ってやつとか、皆に嘘をつくことになるんだけど」

「俺も、それはちょっと気になってたんだ……」

ヴェンもブレインの疑問に同意する。

「でも……――」

答えに詰まってスクルドがエフェメラを見る。エフェメラは腕を組み、目を閉じる。

――でも、その最後の瞬間に立ち会っても、そう思えるかな？

最後の瞬間、みんなが消えていったあの時。


「秘密だ。あの悲劇を思い出させたくない。掟に従おう」

エフェメラは目を見開き、一人一人をしっかりと見ながら答えた。

「りょ～かい。俺はエフェメラを信じるよ」

ブレインが笑う。そしてそれにヴェンも続いた。

「俺も！」

安心したのか、スクルドも笑顔になる。

「さあ、あとひとりだ」

エフェメラはそう言うと、荒野の果てを見つめる。

[Play Back]
私にはお気に入りの場所がある――
私はストレリチア、ここは私だけの場所。

私がいるのは、噴水広場を見下ろすことができる屋根の上。そこでいつも、私のチリシィを抱いて街を見ている。

ふたつに結んだオレンジ色の長い髪が風になびき、髪留め（かみど）をした前髪を私はおさえる。黒いリボンで胸元が縁取られた白いワンピースの裾（すそ）も、ほんのちょっとひるがえる。

この2年、闇の魔物を倒し、光を守護する日々だった。出会いと別れもいくつか経験した。パーティーメンバーも何度か入れ替わって、初期からいっしょにいる仲間も少なくなった。

でも、私にも長く時間を共有する〝友人〟はいる。初めて見かけたのは噴水広場だった。あなたはずっと誰かを待っているみたいで、私が任務に出て戻っても誰かを待ちつづけてた。

でも、結局来なくて、チリシィを抱えて涙ぐんでた。

それからたまにあなたを見かけるようになって――いや、多分それまでも活動していたんだろうけど――あの噴水広場以来、あなたを視界に意識するようになったんだと思う。

何度かあなたを見かけているうちに、話してみたいなって思ったけど、なかなか勇気が出なかった。

みんなが疑問を感じず日々を過ごしている中、あなたはみんなと見ているものが違うというか、何か特別に見えたんだ。あなたは私を知らないけど、私はあなたを友人のように感じていた。

いつか、話せる日が来るといいなって思ってる。


いつものように街を歩いていると、私を呼び止める声がした。

「ストレリチア」

私は振り返る。アヴァ様だ。

「あなたはダンデライオンですね。急ですがお願いがあるのです」

「え？　私にですか？」

アヴァ様が差し出したのは、1冊のノートだった。


その夜、私は自分の部屋に戻って、そのノートを見つめていた。

「ユニオンリーダー……」

「光栄な話じゃない？」

思わず呟いた私に、チリシィが言った。

ついさっきアヴァ様から告げられた、とても信じられない話。

「うん……そうだけど私にそんな役目が務まるのかな……」

私の胸は不安でいっぱいだった。

「アヴァ様にも何かお考えがあるんでしょ」

チリシィが励ますように言う。

「うん……それに、世界がもうすぐ消滅するなんて……」

そう、それが一番信じられない話。

「それ深刻だよね」

チリシィが暗い顔をする。チリシィも同じように不安でいっぱいなんだ。

私がダンデライオンに誘われたのは、少し前のことだった。5つのユニオンとは違う特別なユニオン。それが意味することは――

「ダンデライオン以外のキーブレード使いは、助からないってことだよね……」

私の予想が当たってなければいいけど。

「そうなるのかなぁ……でも、ストレリチアと交流があるキーブレード使いは、みんなダンデライオンに所属してるよね？」

ダンデライオンに所属する前に親しくしていたキーブレード使いだっている。

「うん、でも、交流がない人は見捨てていいわけじゃないよ」

多くのキーブレード使いがこの世界からいなくなってしまう。それはとても受け入れられることじゃない。

「そうだけど、もしみんなにそれを突然伝えたところで、世界が消滅します、予知者様たちもいなくなります、なんて誰も信じてくれないよ」

「そうだよね……」

私だって信じられないし、信じたくなかった。

でもアヴァ様が言うんだから、きっと本当なんだ。

——あの人は？

私は飛び起きる。

「うわあ！　何、急に？」

チリシィが驚いて、大きな声を上げる。

「あの人はダンデライオンじゃない！」

私も思わず叫んでいた。

「え？　誰？」

チリシィは慌てていたけど、少し落ち着いて考えてから、

「ああ、あの気にしてる子か」

心当たりの人——あなたのことに気が付いた。

「伝えなきゃ！」

そのまま部屋の扉に向かうけれど、私の足は止まってしまう。

どうやって伝えよう――今は夜だし。

そっか、明日教えればいいんだ。

私は大慌(おおあわ)てでベッドに戻る。

「何？　何？」

チリシィが不思議そうに私の顔をのぞきこむ。

「早く起きて噴水広場で待つ！」

私はもう決心していた。

「ええ、誰にも話しちゃダメなんじゃないのぉ？」

「ダンデライオンに勧誘するだけ！　消滅のことは話さない。おやすみ！」

私は早口にチリシィに告げると、目を閉じる。

明日、あなたに会わなくちゃ。


噴水広場で待っていると、チリシィが遠くから駆け寄ってきた。

「おーい、今、向こうの方で見かけたよぉ」

「行く！」

チリシィの呼びかけに、私は駆け出す。チリシィが教えてくれた通りを捜していると、水路の奥に小さな家があった。外にいないんだったら——

そっと中に足を踏み入れる。でも、誰もいない。

「見間違えだったのかなぁ」

チリシィが不安そうに言った。

「こんにちはー、誰かいますか～」

奥に向かって声をかける。でも返事がない。

「誰かいますかー」

チリシィも真似するように呼びかける。でもやっぱり返事はなかった。

「いないみたいだね」

チリシィの言葉に私は足を止め、振り返る。

「うん、また噴水広場に戻ろうか」

「そうだね、またボクも捜してくるよ」

そのとき、チリシィは私の背後を見ていた。

「あ」

チリシィが何かに気づき、私は振り返る。

「え？」

私の意識はそこで途切れた。


目覚めた時、私の体はもう動かなかった。

多分大きな傷を負っているはずなのに、痛みは感じない。そもそもどこに傷を負ったのかもわからない。それくらい一瞬の出来事だった。

アヴァ様にもらったノートを拾い上げる手が見える。でももうそれもかすんでしまう。

「ストレリチア……」

私は思うようにならない体をなんとか起こし、私の名を呼んでくれたチリシィを抱き寄せる。

この子だって苦しい筈(はず)なのに。

「……ごめん――守れなくて」

私はチリシィを抱きしめる。

「そんなこといいよぉ……」

チリシィが小さな声で言った。

私が消えたらチリシィも消えちゃうんだよね、ごめんね、チリシィ。

ああ、あなたに会って話をしたかったな。

でも、もうひとりはなかなか来なかった。

「遅いね、5番目」

ブレインが呟く。ヴェンはその隣で待ちくたびれて、座り込んでいる。

「そうだね」

エフェメラは組んでいた腕を解くと、肩をすくめる。

「その辺見てくるよ」

そう言うと、エフェメラは歩き始める。荒野は広い。もしかするともうどこかにいて、迷っているのかもしれなかった。

「私も行くよ——あ」

ついて行こうとしたスクルドが声をあげた。

「誰か来る」

遠くに人影が見える。それがゆっくりと近づいてきた。

「待たせたかな?」

「ああ、随分ね。君、5番目?」

ブレインが先に彼に歩み寄り、笑って答えた。

彼は少し長めの赤みがかった髪をしていた。その髪はどこか咲き誇る花を思わせる。白いシャツに黒いベストの服装はシンプルだったが、その赤い髪の鮮やかさを引き立てていた。身のこなしは優雅で、スクルドたちより少し年長のようだった。

「5番目？　ああ、もうみんな揃ってるのか」

彼が悪びれずに言うと、エフェメラが進み出る。

「よろしく、俺はエフェメラ」

それをきっかけに、それぞれが自分の名前を名乗った。

すると彼はうやうやしく胸に手をやり、頭を下げた。

「みんな待たせてしまって申し訳ない、ちょっと探し物をしていてね。ボクはラーリアム、よろしく」

5人のユニオンリーダーが揃った。

キミはまた夢を見ている。

「……エフェメラ、スクルド――――」

キミがうなされて友だちの名前を口にする。ボクが眠るのはキミの胸の上だ。キミと同じ夢を見ている。

ここは森の中。キミはうたた寝をしている。鳥の囀り――

宙にタンポポの綿毛が、たくさんたくさん舞い上がって行く。

やがてキミがうっすらと目を開け、ボクの頭を撫でてくれる。ボクも目を覚ます。

「またあの夢かい？」

「夢……」

キミはゆっくりと起き上がりながら、頭を振る。

「あの日以来何度か見てるみたいだけど、大丈夫？」

「あの日？」

キミが訝し気に言った。

そう、あの日。

「アヴァ様にダンデライオンに誘われて、スクルドと噴水広場で話して、君はダンデライオンへの参加を見送った。あの日以来、キミは時々変な夢を見るようだけど」

キミはまだ不思議そうな顔をしている。

「う～ん、最近キツイことが続いて疲れてたし、新しい世界で開放的になったんじゃない？たまにはのんびりするのもいいよぉ」

ボクがそう勧めても、キミは腑に落ちないようだった。ボクはひとり歩き始める。森の向こうに急がなきゃ。そしてキミはもう、夢のことは忘れた方がいい。

キミがボクの後ろをついてくる。

森を抜けたボクたちの行く手を阻むのは、大きな茨だった。

茨の向こうに大きなお城が見える。

ここはエンチャンテッド・ドミニオンと呼ばれる世界だ。

「これじゃ進めないね。今日は帰って、また方法を考えてから出直そうか？」

ボクの提案にキミは頷く。そのボクたちの頭上を一羽のカラスが飛んでいく。

「ボクらにも翼があればねぇ。さぁ、帰ろう」

そしてボクたちは帰る。あの街――デイブレイクタウンへ。


――その頃、茨に囲まれた城の前。

カラスが全身を黒いマントで覆った、杖を握りしめている女性の肩に止まる。

「上手く行ったようだね」

彼女がそう言うと、カラスが返事をするように鳴いた。彼女――マレフィセントはあたりを見回す。

「それにしても、あいつはまたどこに行ったんだい？」

そしてマントを翻し、城へと歩き始める。

「まぁいい、この世界なら、ソラたちも手出し出来ない。邪魔は入らないからね」

そう言ってから彼女はいつものように――いつかのように笑い出し、姿を消した。


デイブレイクタウン――街を見下ろす丘。

ボクが話しているのは、エフェメラとスクルドだ。

「そう、結構夢で見てるんだね……」

スクルドが悲しそうに言う。

「うん……とても辛そうにうなされてて、最初は嘘は嫌だなぁって思ったけど、やっぱり忘れさせてあげたい……」

ボクはうつむく。あんな記憶ない方がいいんだ、きっと。スクルドがボクの頭を撫でてくれる。

「うん……辛いだろうけど、お願いねチリシィ」

「彼はボクの親友だから」

「そうだね」

スクルドが微笑む。

「そのためにもチリシィ、さっきの件、頼んだよ」

エフェメラが言った。

「うん、〝ユニオンクロス〟だよね？」

ボクはさっき聞いた言葉を口にする。

「うん、きっと心の奥にある悲しみの記憶は、仲間たちと冒険することで薄れて行くはずだから」

祈るように言うスクルド。

「それに、この世界には、前の世界と違う闇を感じる」

エフェメラが言った、思いがけない言葉。前の世界と違う闇——？

だってこの世界はまだ新しい筈。

「その正体は以前の闇より複雑でまだわからないけど、大きな意思を感じる」

エフェメラはそういうことに敏感だ。ボクは不安でいっぱいになる。

大きな意思ってなんだろう。

「そっちは私たちに任せて、チリシィは〝ユニオンクロス〟の説明、お願いね」

スクルドがやさしく言った。ボクは頷く。

「うん、じゃあ行くね」

ボクはキミの元に戻るため、歩き始める。


エフェメラとスクルドのふたりは、話を続けている。

「どうしてチリシィに話したの？　不安にさせるだけじゃない」

スクルドはエフェメラが〝大きな意思〟について語ってしまったことを、不用意だと思っていた。今のチリシィには荷が重すぎる。

「ああ、ごめん。でも、彼らも無関係じゃない。この新しい世界に移って、元の世界と違う分岐が起きる度に、妙な胸騒ぎが増えて行くんだ。今回の〝ユニオンクロス〟も、また違った悪意、闇を感じた」

悪意や闇、もう一度光を取り戻すためには、それに染まった者と戦わなければならない。

「でも〝ユニオンクロス〟の開始も、掟にあったことでしょ？」

託されたこの世界、そしてユニオンを率いていくために守らなければならない掟。それを否定はできない。スクルドの言葉に、エフェメラは腕を組む。

「うん……鍵が導く心のままに……か」

鍵が導く心のままに——

金巻　ともこ　Tomoco Kanemaki

1975年6月16日生まれ。横浜市出身。ゲームやドラマCDのシナリオからグルメ雑誌の記事作成まで手がけるフリーライター。家には猫3匹。著作に「ドッグポリス」「銀河へキックオフ!!」（集英社みらい文庫）「てのひら猫語り」（白泉社招き猫文庫）など。

GAME NOVELS
キングダム ハーツ キー ～キミとキーブレードの物語～

2019年1月25日　初版第1刷発行

原　　作◆iOS/Androidスマートフォン用アプリゲーム
『キングダム　ハーツキー』

原　　案◆野村哲也
岡勝
著　　者◆金巻ともこ

イラスト◆天野シロ

発 行 人◆松浦克義

発 行 所◆株式会社スクウェア・エニックス
〒160-8430
東京都新宿区新宿6-27-30 新宿イーストサイドスクエア
＜書籍内容についてのお問い合わせ＞
書籍編集部　03-5292-8306
月～金曜日13：00～18：00（祝日及び弊社指定休日を除く）
＜販売・営業についてのお問い合わせ＞
出版営業部　03-5292-8326
月～金曜日10：00～17：00（祝日及び弊社指定休日を除く）

印 刷 所◆凸版印刷株式会社

ISBN978-4-7575-5905-9 C0293